Sophia's Geheimnis

AF285679

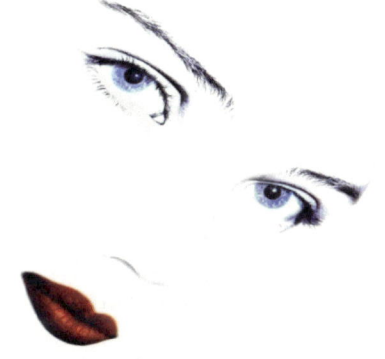

**Herstellung und Verlag:
Books on Demand GmbH,
Norderstedt
ISBN 978-3-8423-4504-1**

...und plötzlich weißt du, es
ist Zeit etwas Neues zu
beginnen und dem Zauber
des Anfangs zu vertrauen

Meister Eckhart

1

Der Piepton des Backofens holte sie aus ihren Gedanken. Der Kuchen war fertig. Herrlich duftend und goldbraun holte Sophia ihn aus dem Ofen. Vortrefflich gelungen. Damit war sie wieder einmal unschlagbar. Sophias Kuchen waren nämlich heiß begehrt. Was es auch immer zu feiern gab in der Familie, mit Freunden, Verwandten und Bekannten – Sophia ließ sich nicht lange bitten. Heute, ja heute war das ein ganz besonderer Kuchen – ihr Kuchen – ihr Geburtstagskuchen. Morgen würde sie fünfzig Jahre alt werden, eine magische Zahl, *d i e* magische Grenze. Sophia überlegte, ob das jetzt gut oder schlecht war. Was würde jetzt auf sie zukommen? War man mit fünfzig Jahren alt? Eigentlich hatte sie gar nicht groß feiern wollen, viel lieber hätte sie den Tag mit ihrem Mann und ihren bereits erwachsenen Kindern verbracht. Aber die Familie hatte ihr keine Wahl gelassen. Ihre Schwiegermutter meinte, einen solchen Ehrentag müsse man feiern. Ja, großartig! Für diesen Ehrentag musste Sophia ganz schön schuften und sich organisieren, damit für die Gäste alles so perfekt wie möglich sein würde.

Ach je, das neue Kleid musste sie noch beim Schneider abholen und zum Frisör wollte sie auch noch. Wie sollte sie das alles schaffen – ihr Zeitplan wurde langsam verdammt eng. Saubermachen stand auch noch auf der Liste, weil Elsa, ihre Putzfrau, kurzfristig krank geworden war. Na toll, Sophia würde bis in den späten Abend mit Vorbereitungen für ihren großen Tag beschäftigt sein. Jetzt nur nicht schlapp machen, wird schon werden. Der fünfzigste Geburtstag fiel nicht einfach vom Himmel, den musste man sich wohl erarbeiten.

Auf die Hilfe von Martin, ihrem Mann, konnte sie nicht zählen. Er hatte sich in die Vorstandsetage der hiesigen Bank hoch gearbeitet und hatte leider, wie fast immer, keine Zeit.

Sophia raffte sich auf und erledigte routiniert und mechanisch ihre Arbeit. Sie schaltete das Radio ein und und sang lauthals den „Griechischen Wein" von Udo Jürgens mit. Jetzt ging ihr die Arbeit besser von der Hand, Singen half doch immer. Während eines Tänzchens mit dem Staubwedel wischte sie versehentlich einen Umschlag vom Schreibtisch ihres Mannes. Sie hob ihn auf und las dabei ihren Namen: *Für Sophia*. Sie freute sich, wahrscheinlich hatte Martin eine Überraschung für sie zum Geburtstag. Oder sollte es nach vielen vielen Jahren wieder einmal ein Liebesbrief sein?

Sophia war ganz aufgeregt. Ja, mein Gott, Sophia war eben auch nur eine Frau und der Umschlag war...nicht verschlossen...ruckzuck hatte sie den Briefbogen in der Hand und las: „Für Sophia, meine liebe Frau, meine treue Seele.

Liebste Sophia, Du hast Dir zum Geburtstag etwas ganz Besonderes verdient. Deshalb hast Du drei Wünsche frei:

Ein Frühstück mit mir an einem Ort Deiner Wahl

Ein Mittagessen mit mir an einem Ort Deiner Wahl

Ein Abendessen mit mir an einem Ort Deiner Wahl"

Sophia las den Brief ein zweites und noch ein drittes Mal. Sollte Martin plötzlich eine humorvolle Seite haben, die sie noch nicht kannte? Nein doch, der Kerl meinte das tatsächlich ernst. Sie konnte sich schon jetzt genau vorstellen, wie er das morgen stolz vor allen Gästen präsentieren würde.

Wie hypnotisiert machte sich Sophia erst einmal einen Cappuccino mit viel Schaum, setzte sich in die Küche und las den Brief noch einmal. Die Enttäuschung kroch ihr förmlich durch den Körper. Sie konnte es einfach nicht glauben. Plötzlich fiel es Sophia wie Schuppen von Augen. Das einfallslose Geschenk ihres Mannes hatte es genau auf den Punkt gebracht. Ihr wurde plötzlich klar, dass ihr gesamtes Leben fremd bestimmt war. Sicher, man zollte ihr Anerkennung für das, was sie für andere tat, man erwartete es jedoch auch von ihr. Schließlich konnte sie sich nicht daran erinnern, wann sie jemals eine Bitte ausgeschlagen hätte. Hatte sie schon einmal andere um Hilfe gebeten? Nö! Sie hatte doch auch ihren Job und trotzdem Martin immer den Rücken frei gehalten, sich um die Kinder gekümmert und ganz selbstverständlich ihr Leben an das ihrer Familie angepasst. Sie wollte nicht ungerecht sein. Sie hatte einen organisierten Alltag, hatte genügend Geld zur Verfügung und Martin war froh, wenn er sich um nichts kümmern musste, also ließ er ihr alle Freiheit. Und doch: Drei Wünsche frei! Wie toll war das denn? Sophia überlegte: Was würde sie tun, wenn Martin ihr uneingeschränkt die Wahl überlassen hätte? Hm, gar nicht so leicht, drei Wünsche zu definieren, die einem am Herzen liegen könnten, mal abgesehen von dem Schwachsinn mit den drei Mahlzeiten. Aber ihr Mann hatte ja vorgebaut und ihren Wünschen schon mal eine Richtung verpasst.

Bei Martin drehte sich neben seinem Job alles um gutes Essen, das machte ihn glücklich. Doch warum glaubte er, dass es auch sie glücklich machen würde? Da hatte er doch wieder einmal das Nützliche mit dem für ihn Angenehmen verbunden. So einfach war das. Typisch Martin, so

romantisch wie ein eher nüchterner
Banker eben sein konnte.

„Meckern kann ja jeder, aber was ist denn
jetzt mit deinen drei Wünschen?"
Erschrocken schaute Sophia sich um. Wo
kam denn die Stimme her? Sophia glaubte
zu träumen. Auf dem Rand ihrer
Cappuccinotasse saß ein kleines
Persönchen, gerade einmal so groß wie die
Länge ihrer Hand, hatte die Beine
übereinander geschlagen und die Arme
weit zur Seite gestreckt, um die Balance zu
halten und um nicht aus Versehen in den
Kaffee zu plumpsen.

Alles hätte Sophia erwartet, nicht aber,
dass man mit fünfzig Jahren Stimmen hört
und Mini-Zwerge sieht. „Nein, Sophia, du
träumst nicht und du bist auch nicht
bekloppt. Ich bin so real wie dein frisch
gebackener Kuchen. Duftet übrigens
herrlich."

Ach du meine Güte, dachte Sophia, das
kleine Ding sieht ja ganz genau so aus wie
ich. Das wird ja immer schlimmer. Die
Geburtstags-Vorbereitungen waren wohl
doch ein bisschen viel für mich. Doch die
Stimme plapperte munter weiter. „Ich bin

ALENA – und mein Name steht für 'alle Lebenswünsche nachhaltig anpassen' und ich werde mich ab jetzt um dich kümmern, wenn du willst."

So langsam merkte Sophia, dass sie das alles nicht träumte und gewöhnte sich an den Gedanken, dass ein kleines Persönchen von einer Größe von etwas zehn Zentimetern vor ihr saß und mit ihr sprach. Verrückt war das schon.

„Wie willst du kleines Ding mir denn helfen? Vielleicht bei meinen Vorbereitungen? Ach ja, kannst du zaubern? Dann hätten wir schnell alles geschafft. Scherz beiseite, du bist also Alena, aber warum siehst du dann aus wie ich?"

Die Kleine hüpfte vom Tassenrand und baute sich vor Sophia auf. „Ich bin dein kleines Ich. Ich glaube, du brauchst mich jetzt und ich werde dir helfen, zu wissen, was du möchtest. Und ob ich zaubern kann, hängt alleine von dir ab."

Die Kleine schaute Sophia herausfordernd an und erwartete wohl eine Antwort. Eine Antwort auf was? Als könnte sie auch noch Sophias Gedanken erraten: „Du hast doch drei Wünsche frei und weißt damit nichts anzufangen, und genau dabei will ich dir helfen. Ich verrate dir etwas: du musst dich gar nicht so sehr an diesen drei Wünschen festbeißen. Du musst dich auch nicht beschränken. Ja, ich weiß, dein Mann hat dir drei Wünsche geschenkt. Dann schlage ihn doch mit seinen eigenen Waffen und sage ihm einfach, das Frühstück hättest du gerne bei Tiffany, das Mittagessen auf einer weißen Luxusjacht im Mittelmeer und das Abendessen ganz romantisch an einem Strand auf Bora Bora."

Sophia musste laut lachen, sie stellte sich gerade Martins Gesicht vor. Gefallen würde ihr das schon, aber es würde wohl eher ein schöner Traum bleiben.

„Warum sollte es ein Traum bleiben?" Alena riss sie mit dieser Frage aus ihrer schönen Fantasie. „Eines solltest du wissen, liebe Sophia, du hast immer und zu jeder Zeit alle Wünsche frei! Dein jetziges Leben war dein eigener Wunsch. Diese Realität hast du dir einmal selbst erdacht und gewünscht. Deine Gedanken, deine Überzeugungen und deine Wünsche

sind wie eine Backmischung. Gib Energie
(beim Kuchen ist es die Hitze des
Backofens) hinzu und heraus kommt dein
Leben, deine Realität. Was glaubst du
passiert, wenn du die Zutaten veränderst?
Darüber solltest du einmal gründlich
nachdenken"

Ehe Sophia antworten konnte, war Alena
weg und sie fragte sich jetzt doch, ob sie
sich das alles eingebildet hatte. Wäre kein
Wunder bei ihrem momentanen Stress.
Bis zum späten Abend hatte Sophia alle
Hände voll zu tun und fiel dann todmüde
ins Bett. Sie hatte nicht mehr gehört,
wann Martin nach seiner Sitzung in der
Bank nach Hause gekommen war.

2

Sophia hatte gut und traumlos geschlafen. Sie schlug die Augen auf und da kam Martin gerade zur Tür herein. Er war außerordentlich gut gelaunt, kam zu ihr und umarmte sie. „Herzlichen Glückwunsch, mein fünfzigjähriger Engel. Ich habe zur Feier des Tages Frühstück gemacht."

Martin war frisch geduscht und roch umwerfend gut. Am liebsten hätte sie sich mit ihm im Bett verkrochen. Aber da war er auch schon wieder an der Tür und rief: „Kommst du, mein Schatz, die Eier werden sonst kalt." Sophia raffte sich auf und ging nach unten. Jetzt erst fiel ihr auf, dass Martin in Hemd und Krawatte am Frühstückstisch saß. „Ich dachte, du hast dir heute frei genommen und hilfst mir mit den Vorbereitungen, bis die Gäste kommen."

Martin machte ein schuldbewusstes Gesicht. „Tut mir echt leid, aber ich habe noch einen wichtigen Termin, komme aber so schnell ich kann wieder nach Hause."

Sophia setzte sich enttäuscht auf ihren Stuhl. Da sah sie ihn, den Briefumschlag, den sie gestern voreilig geöffnet hatte, auf ihrem Teller liegen. Heute hatte der Umschlag allerdings noch ein rotes Herz rechts oben. So ein Herzchen hatte ihr Sohn Daniel ihr als kleiner Junge zum Muttertag gemalt. Sophia musste schmunzeln, damals war das Herzchen nicht rot sondern froschgrün, Daniels Lieblingsfarbe. Etwas Wehmut überkam Sophia. Beide Kinder waren nun schon eine Weile aus dem Haus und ihr Privatleben hatte sich dadurch ganz schön verändert. Jetzt hatte sie nur noch Martin, den sie sowieso kaum zu Gesicht bekam. Seine Bank war sein Lebensinhalt geworden. Sophia dachte angestrengt nach. Wann waren sie zum letzten Mal ausgegangen? Nein, sie meinte nicht die vielen Einladungen und Events, die eine Art Pflichtprogramm für Martin waren, davon hatten sie wirklich genug. Sie würde aber gerne einmal wieder mit Martin ganz alleine auf Tour gehen, Spaß haben und den Alltag ausblenden.

„Liebling, träumst du noch?", hörte sie Martin lachen, „du starrst auf mein Geschenk als wäre es vom Finanzamt. Nun mach' schon auf, ich möchte die Überraschung auf deinen Augen sehen." Sophia öffnete den Umschlag und las laut vor, was sie längst wusste:

„Liebe Sophia, Du hast Dir zum Geburtstag etwas ganz Besonderes verdient. Du hast drei Wünsche frei: Ein Frühstück mit mir an einem Ort Deiner Wahl. Ein Mittagessen mit mir an einem Ort Deiner Wahl. Ein Abendessen mit mir an einem Ort Deiner Wahl..."

Sophia hob langsam die Augen, schaute Martin an und sah seinen erwartungsvollen Blick. „Na, was sagst du? Wir beide alleine beim ausgiebigen Schlemmer-Frühstück, wo du möchtest. Das neue Cafe in der City soll übrigens große Klasse sein, kannst es dir ja überlegen, ich muss jetzt leider los". Sophia merkte, wie ein leichter Zorn in ihr nach oben kroch. Unglaublich, Martin hatte sogar schon wieder eine eigene Antwort auf i h r e Wünsche.

Und plötzlich ritt Sophia der Teufel. „Liebster Martin, ich danke dir für dein einfallsreiches Geschenk. Es haut mich wirklich um. Aber überlegen muss ich gar nicht, wo ich mit dir frühstücken will. Wo wir unser Mittagessen und ein wunderschönes Dinner haben werden, weiß ich auch schon. Es ist, als hättest du meine lang gehegten Träume erahnt. Ich danke dir". Sophia hauchte ihm einen Kuss entgegen.

„Toll", sagte Martin, „dann lass mal hören, hoffentlich trifft es auch meinen Geschmack. Liebling, es darf auch ruhig etwas mehr kosten. Ich kenne da übrigens ein tolles Restaurant, da kann man wunderbar..."

Sophia hob die Hand und stoppte seinen Redefluss. „Nein Martin, w i r frühstücken in New York. Du weißt doch: Frühstück bei Tiffany- mein Lieblingsfilm. Zu Mittag essen wir auf einer weißen Jacht im Mittelmeer und das Dinner genießen wir ganz romantisch an einem Strand auf Bora Bora."

Martin's brüllendes Lachen erfüllte plötzlich das Haus. Er konnte gar nicht mehr aufhören und es dauerte ein paar Minuten, bis er nicht mehr husten musste, denn er hatte sich an seinem Kaffee verschluckt. „Wirklich Liebling, mein Geschenk ist ernst gemeint, das solltest du nicht so ins Lächerliche ziehen." Und wieder musste er lachen, als hätte sie den Witz der Woche losgelassen. „Es ist mir völlig ernst damit", sagte Sophia trotzig und Martin blieb vor Verblüffung der Mund offen stehen. Er seufzte noch einmal tief und sagte: „ich muss jetzt wirklich los, wir sehen uns ja heute Mittag, dann hast du deinen Geburtstagsstress sicher ein wenig überwunden. Das alles hat dich doch mehr mitgenommen als ich geglaubt hatte, altes Mädchen." Er winkte ihr noch kurz zu und schon war er aus der Tür.

Altes Mädchen, das war jetzt noch die Krönung. Sophia war enttäuscht, Martin hatte sie nicht ein bisschen ernst genommen, geschweige denn ihre Gefühle.

„Jetzt ärgerst du dich wohl, was?". Plötzlich saß Alena wieder auf ihrer Kaffeetasse und grinste. An die Kleine hatte Sophia längst nicht mehr gedacht. Alena plapperte auch schon weiter: „Gut hast du das gemacht. Ich wette, dein

Mann wird heute an fast nichts anderes denken als an deine ausgefallenen Wünsche. Er denkt jetzt sicher, du bist mit fünfzig ein bisschen plemplem geworden. Ich hoffe nur, du bleibst jetzt dabei."

„Ach, ich weiß nicht, ob das nicht mächtig überzogen war", sagte Sophia unsicher. „Andererseits musste ich heute feststellen, dass mein eigener Mann mich gar nicht ernst nimmt und meine Wünsche ins Lächerliche zieht. Der behandelt mich wie ein kleines Kind, das mal eben so vor sich hin träumt. Ich weiß nicht, wie ich damit umgehen soll".

„Doch, du weißt es, du weißt es sogar sehr genau. Schließlich hast du auch ein bisschen mit Schuld an dem, wie es jetzt ist. Denk' mal drüber nach, denk' an die Backmischung. Ich melde mich wieder, bye bye." Und fort war es wieder, ihr kleines Ich.

Mechanisch räumte Sophia den Kaffeetisch ab, holte sich ihre Planungsliste für ihre Feier und ging Punkt für Punkt noch einmal alles durch. Brot beim Bäcker, Blumendeko,

Weißwein und Champagner kalt stellen, usw, usw... Oh Gott, die Liste war ja noch länger als sie gedacht hatte und Martin fiel als Hilfe erst einmal aus. Das hatte sie so nicht eingeplant.

Verdammt nochmal, es war doch eigentlich *i h r* Ehrentag und sie musste sich das Fest dazu auch noch selber auf die Beine stellen.

Nein, schrie es in Sophia, Nein!Nein!Nein! Was mache ich hier, bin ich blöde. Jetzt schrie Sophia sich ihren ganzen Frust aus der Seele, bis sie sich atemlos auf den Boden setzte.

Nach ein paar Minuten hatte Sophia sich wieder beruhigt. Es kam ihr auf einmal so vor, als sei ein Vorhang zerrissen und sie sah plötzlich so klar wie niemals vorher in ihrem Leben.

Sophia nahm einen großen Zettel und machte ein paar Notizen, dann ging sie nach oben in ihr Schlafzimmer. In den großen Reisekoffer packte Sophia in aller Ruhe ihre schönsten Sachen. Sophia duschte ausgiebig, zog sich schick aber bequem an und rief sich ein Taxi.

Zurück blieb der Zettel auf dem Küchentisch:

„Lieber Martin, grüß' bitte die Gäste von mir und trinkt auf mein Wohl. Mach' Dir bitte keine Sorgen. Ich bin auf dem Weg zum Frühstück. Lieben Gruß, Sophia. "

3

Vor einer halben Stunde hatte Sophia ihr
Zimmer bezogen und sich eine Kleinigkeit
zu essen bestellt. Sie hatte jetzt keine Lust
mehr, ins Hotelrestaurant zu gehen. Sie
hatte echt Glück gehabt, das schöne Hotel
lag zwischen Sixth und Seventh Avenue in
Midtown Manhattan und nur zwei Blocks
südlich vom Central Park.

Die Fahrt vom John F. Kennedy
Flughafen mitten ins Herz von New York
hatte sie mächtig beeindruckt. Eine ganz
andere Welt tat sich vor ihr auf. Die
hohen Bauten links und rechts, die vielen
Autos, das Menschengewimmel machten
Sophia überhaupt keine Angst. Im
Gegenteil. Sie spürte den kräftigen
Pulsschlag dieser großen Stadt und fühlte
sich plötzlich unendlich frei.

Der Flug hingegen war furchtbar gewesen,
das schlechte Gewissen hatte ihr keine
Ruhe gegönnt. Kurz vor dem Abflug in
Frankfurt hatte sie noch einmal zuhause
angerufen, aber niemand hatte
abgenommen. Wahrscheinlich hatte

Martin das Fest kurzfristig abgesagt. Na ja, ohne die Hauptperson wäre das auch eine merkwürdige Feier geworden. Die Familie, alle ihre Freunde und auch ihre Kinder waren sicherlich mehr als irritiert gewesen. Und Martin - plötzlich musste Sophia lauthals lachen, denn sie stellte sich gerade das Gesicht ihres Mannes vor - mit ihrer Nachricht in der Hand.

Sophias Augen blitzten plötzlich auf. Na klar, warum war sie nicht gleich darauf gekommen? Sie würde Martin jetzt gleich anrufen, vielleicht konnte er ja nachkommen und sie beide würden eine wunderbare Zeit hier in New York haben. Sie freute sich wie ein kleines Kind. Zuhause war es jetzt früher Nachmittag und Martin war sicher noch in der Bank, also nahm sie das Handy und drückte Martins Nummer. Während die Verbindung aufgebaut wurde dachte Sophia: Merkwürdig, Martin hat nicht einmal versucht, mich anzurufen.

„Sophia, was um alles in der Welt treibst du, wo steckst du? Bist du völlig verrückt geworden? Wie kannst du mich so blamieren, das ist doch ....“ Laut und anklagend drang Martins Stimme an ihr

Ohr. Wütend drückte Sophia den roten Knopf ihres Handys und machte so Martins Redeschwall ein Ende. Ihre ganze Freude war dahin, sie fing an zu weinen. Eigentlich hätte sie sich das denken können. Martin war alles andere als ein Freund von Überraschungen und eine plötzlich verschwundene Ehefrau war nicht alltäglich, das musste er erst einmal verkraften. Aber trotzdem durfte er so nicht mit ihr reden. Jetzt fing ihr Handy an zu läuten. Sophia sah Martins Nummer im Display, nahm das Gespräch aber nicht an. Nein, sie musste sich erst einmal beruhigen. Es läutete noch ein paar Mal, dann war alles still. Enttäuscht setzte sich Sophia auf ihr Bett und die Tränen liefen ihr die Wangen herunter.

„Oh, oh, es regnet aber gewaltig". Sophia zuckte zusammen und musste gleichzeitig erleichtert lächeln. An Alena hatte sie schon gar nicht mehr gedacht. Die saß putzmunter auf ihrem Knie und schaute sie fragend an: „Tut es dir leid, dass du so einfach auf und davon bist?"

Sophia überlegte einen Augenblick, schnäuzte sich heftig ins Taschentuch und schüttelte dann den Kopf. „Nein, ich bereue nichts. Ich weine nur, weil...weil mir einiges bewusst wird, was ich lange nicht wahrhaben wollte." Und wieder kamen ihr die Tränen. Alena reichte ihr ein frisches Taschentuch und nickte ihr verständnisvoll zu.

Natürlich hätte Sophia es verstanden, wenn Martin sich Sorgen gemacht hätte. Aber ihr vorzuwerfen, sie habe i h n blamiert. Na, wenn er sonst keine Probleme hatte, konnte er ihr getrost gestohlen bleiben. Sie würde sich jedenfalls erst einmal nicht mehr bei ihm melden. Sophia schrieb ihren Kindern noch eine SMS, damit die sich keine weiteren Sorgen machen mussten. Wer weiß, mit welcher Dramatik sich Martin über ihre plötzliche Reise geäußert hatte.

Nach einer herrlich heißen Dusche kuschelte sich Sophia in das große King-Size-Bett und nahm sich fest vor, ihre Zeit in dieser tollen Stadt zu genießen – allen Martins dieser Welt zum Trotz.

„Recht hast du, die Tage hier in der Stadt werden dir gut tun und deinen Kopf frei machen," rief Alena ihr vom Bett aus zu. Sophia stutzte, jetzt wurde ihr wieder bewusst, dass die Kleine ja jeden ihrer Gedanken kannte. Eigentlich ganz praktisch, musste sie dafür nicht soviel reden und erklären. Gut so. Morgen beim Frühstück würde sie sich anhand ihres Reiseführers schlau machen, wie sie am besten zum weltberühmten „Tiffany's" kommen würde. Mit diesem Ziel vor Augen schlief Sophia selig ein. Sie hörte noch leise und schon ganz weit weg Alenas Stimme:

„Ab jetzt wird dein Leben nie mehr so sein, wie es einmal war, liebe Sophia."

4

Das Klopfen an der Tür weckte Sophia
aus wunderbaren Träumen. Sie hatte
herrlich geschlafen in dem großen
weichen Bett. Mit dem Blick auf die Uhr
erinnerte sie sich, dass sie gestern Abend
noch beim Roomservice ein Frühstück
bestellt hatte. Das kam Sophia jetzt gerade
recht, hatte sie doch einen Mordshunger.
Eilig hüpfte sie aus dem Bett und öffnete
die Tür. Der Duft von Kaffee und
frischen Croissants stieg ihr sofort in die
Nase und sie konnte es kaum erwarten bis
die junge Frau vom Roomservice wieder
draußen war.

Sophia machte es sich im Bett gemütlich,
trank den ersten Schluck des duftenden
Kaffees und strich sich ordentlich dick die
Marmelade auf ihr Croissant. Hm,
köstlich, war das ein Genuss. Und das
Beste, sie konnte krümeln soviel sie wollte
und keiner regte sich darüber auf.

Als Sophia den ersten Hunger gestillt
hatte, breitete sie den Stadtplan auf dem
Bett aus und markierte sich den Weg zu

727 Fifth Avenue 57th St. Dort befand sich nämlich das legendäre „Tiffany's".

Gespannt auf diesen Tag und voller Vorfreude sprang Sophia unter die Dusche und zog sich anschließend bequeme Hosen, eine schicke Bluse und flache lauftaugliche Schuhe an. Jetzt konnte es losgehen. Das Abenteuer begann ihr langsam mächtigen Spaß zu machen.

Draußen auf der Straße herrschte Hochbetrieb. Autokolonnen schoben sich durch die Stadt. Die Gehwege waren voller Menschen, die sich hastig aneinander vorbei drängten. Die meisten waren auf dem Weg zur Arbeit und hatten es eilig.

Sophia schlenderte gemütlich durch die Straßen und ließ sich von der morgendlichen Hektik überhaupt nicht beeindrucken. Sie hatte schließlich alle Zeit der Welt. Sie schaute sich die Auslagen der Schaufenster an und war beeindruckt von der Vielfalt und dem Leben dieser bemerkenswerten Großstadt. New York – allein der Name verursachte ihr Herzklopfen. Und sie, Sophia, war mittendrin. Selbstbewusst und stolz ging sie weiter.

Endlich stand Sophia davor. Fifth Avenue 727. Tiffany & Co. Ein Gebäude mit sechs Stockwerken direkt neben dem imposanten Trump-Tower. Das Portal aus eisgrauem Stahl führte direkt in das Parterre des berühmten Juweliergeschäfts, in eine schillernde unwirkliche Welt. Zuvorkommend wurde sie vom Personal begrüßt und kam aus dem Staunen nicht mehr heraus.

Plötzlich sah sie es und ihr Herz machte einen freudigen Hüpfer. Dort war es, das legendäre Federcollier des berühmten Designers Jean Schlumberger. Nie im Leben hatte sie etwas Schöneres gesehen. Sophia konnte sich gar nicht sattsehen an all der Pracht um sich herum. Sie war einfach nur beeindruckt von all dem Glitzer und Glamour. Phantastisch sahen sie aus, die grünen, dunkelroten und nachtblauen „Jackie-Armreifen". John F. Kennedy, so sagt man, hatte wohl manches Mal guten Grund, sich bei seiner Frau für das eine oder andere damit zu entschuldigen.

Sophia beugte sich über die eleganten Vitrinen und war fasziniert von den hauchzarten Kettchen Elsa Parettis und den Entwürfen Paloma Picassos. Ach war das alles herrlich, Sophia konnte sich nicht satt sehen. Ihre Augen glänzten und sie war glücklich wie lange nicht mehr.

Eine Angestellte trat zu Sophia: „Guten Morgen gnädige Frau und herzlich willkommen, gefällt es ihnen bei uns? Möchten sie vielleicht an der heutigen Jubiläums-Verlosung teilnehmen? Sie können einen dreitägigen Aufenthalt im Hotel „The Plaza" gewinnen. Außerdem bekommen sie nur für Ihre Teilnahme einen kleinen Ring als Geschenk." Sophia glaubte zu träumen. Für die Freundlichkeit und zuvorkommende Behandlung seiner Kunden war Tiffany ja berühmt.

„Ja natürlich nehme ich teil, vielen Dank, was muss ich tun?" fragte Sophia. Die freundliche Angestellte lächelte sie an. „Verraten sie mir einfach Ihren Namen und wo sie wohnen, damit wir sie, falls sie zu den glücklichen Gewinnern zählen, benachrichtigen können." Sophia nannte ihren Namen und ihr Hotel und bekam dafür einen wunderschönen Ring mit einem kleinen funkelnden weißen Stein.Sophia blieb fast das Herz stehen, das war bestimmt Weißgold mit einem kleinen Diamanten. Die Angestellte legte das kostbare Teil in ein kleines Schächtelchen und überreichte es ihr in einer für Tiffany berühmten kleinen türkisblauen Tragetüte. Sophia bedankte sich herzlich und ging weiter, denn schließlich gab es noch jede Menge zu sehen. Sie nahm den Aufzug und fuhr ins nächste Stockwerk. Und wieder funkelte es überall um sie herum.

Sophia fühlte sich auf einmal von einem Paar herrlicher, wunderschöner Ohrringe magisch angezogen. Sie hatten die Form zarter Blüten und waren mit unendlich vielen kleinen Brillianten besetzt. So etwas Schönes hätte sie auch gerne einmal besessen. Wehmütig dachte sie an Martin. Nein, Martin hatte ihr zwar hin und wieder einmal ein Schmuckstück geschenkt, aber das hatte sie sich vorher selbst aussuchen müssen. Romantisch war das nicht gerade gewesen. Was soll's, dachte Sophia, jetzt bin ich hier in dieser traumhaften Stadt und Martin ist ganz weit weg. Selber schuld.

Wieder fielen Sophia die Ohrringe ins Auge, sie konnte sich gar nicht abwenden und schlich immer wieder um die Vitrine herum. Sie konnte sich einfach nicht satt sehen. Ein Angestellter bemerkte ihr Interesse und kam zu ihr. „Darf ich ihnen die Ohrringe einmal zeigen?" Ohne ihre Antwort abzuwarten, holte er die schönen Stücke aus der Vitrine. Zum Vergleich legte er noch einige andere Ohrring-Paare dazu, damit sie in Ruhe vergleichen und wählen konnte.

„Nein Sophia, das machst du jetzt nicht!" Wie aus dem Nichts schaute Alena aus Ihrer Tiffany-Tragetasche heraus und schimpfte mit erhobenem Zeigefinger: „Du kannst die Klunker jetzt nicht allen Ernstes einfach einstecken. Das ist Diebstahl und hier in den USA fackeln die nicht lange mit Kriminellen. Lass es bitte sein, du hast doch noch so viel Schönes vor und willst sicher nicht im Gefängnis landen."

Erschrocken schaute Sophia ihr „kleines Ich" an und ihr wurde bewusst, dass die Kleine das aussprach, woran sie selbst die ganze Zeit gedacht hatte. Nie vorher in ihrem Leben wäre sie auf eine solch abwegige Idee gekommen. Sie musste total verrückt geworden sein. Der Angestellte war von einer Kollegin gerufen worden und achtete nicht mehr auf sie. Sophia war in diesem Moment wie ferngesteuert und sie musste diese Ohrringe einfach haben, koste es was es wolle. Blitzschnell griff sie danach und schob sie in die Tiffany-Tüte. Alena's lautstarken Protest ignorierte sie, drehte sich um und ging zu den Aufzügen. Ohne dass sich jemand um sie kümmerte, verließ sie Tiffany's. Auf der Straße angekommen wurde ihr plötzlich übel und sie musste erst einmal tief durchatmen. Sophia fragte sich immer und immer wieder, ob sie noch ganz bei Trost sei. Sie wollte sofort wieder zurück gehen, blieb aber wie gelähmt stehen. Alena schaute aus der türkisfarbenen Tüte heraus und schüttelte vorwurfsvoll das Köpfchen.

„Du liebe Güte, Sophia, was machen wir denn jetzt? Du kannst ja schlecht wieder hineingehen und die Dinger zurück geben. Also ich habe keine Lust von irgendwelchen Cops in eine dunkle Zelle gebracht zu werden. Mann oh Mann, nie hätte ich gedacht, mal als das „kleine Ich" einer Kriminellen zu enden."

Sophia wusste jetzt auch nicht, was sie tun sollte, jetzt kamen ihr die Tränen. Aber Alena hatte Recht, sie konnte nicht zurück. Vorerst musste sie die Ohrringe behalten. Zumindest so lange, bis ihr eine gute Lösung eingefallen war. Sophia lief schnellen Schrittes ein paar Blocks weiter, bis sie sich ein wenig beruhigt hatte und einigermaßen sicher war, dass ihr niemand folgte. Denn bestimmt hatte der Angestellte den Diebstahl längst bemerkt.

Bis zum Abend bummelte Sophia lustlos und mit schlechtem Gewissen durch die Stadt. Es war ihr bis jetzt keine gescheite Lösung eingefallen. Alena konnte sie auch nicht fragen, denn die hatte sich scheinbar in Luft aufgelöst. Sophia war müde und ging zurück zu ihrem Hotel.

Erst einmal schlafen und morgen wird mir schon etwas einfallen, dachte sie.

Was Sophia allerdings nicht wusste: der morgige Tag würde noch weitere Aufregungen für sie bereit halten.

5

Sophia schlief sehr schlecht in dieser Nacht. Mehrere Male war sie schweißgebadet aufgewacht aus ihren Albträumen. Irgendwann am frühen Morgen war sie dann endlich vor Erschöpfung in einen tiefen Schlaf gefallen, der jetzt mit dem lauten Klingeln des Telefons abrupt endete. Benommen schaute Sophia auf ihre Armbanduhr, es war schon fast Mittag und sie fühlte sich wie gerädert. Plötzlich setzte ihre Erinnerung wieder ein. Der gestrige Tag lief wie ein Film vor ihrem geistigen Auge ab. Was hatte sie nur getan? Die unseligen, aber doch wunderschönen Ohrringe lagen wie eine einzige Anklage neben ihr auf dem Nachttisch. Das war der Beweis, sie hatte das alles leider nicht nur geträumt.

Das Telefon läutete noch immer, Sophia nahm ängstlich den Hörer ab und hörte die Stimme der freundlichen Frau von der Rezeption: „Guten Morgen, entschuldigen sie die Störung, aber hier unten sind eine Dame und ein Herr, die gerne mit ihnen sprechen möchten. Darf ich sie zu ihnen nach oben schicken oder möchten sie die Herrschaften lieber in der Lobby empfangen?"

Sophia fuhr es eiskalt durch die Glieder. Man hatte also den Diebstahl bemerkt und wusste auch, dass sie es gewesen war, die die Ohrringe hatte mitgehen lassen. Jetzt hatte sie nicht einmal mehr Gelegenheit, die Sache aus eigenem Antrieb in Ordnung zu bringen. Die Angst ließ ihr kaum Luft zum Atmen. „Hallo, sind sie noch dran?", hörte sie die Dame vom Empfang fragen. „Ja natürlich, ich komme gleich herunter, die Herrschaften möchten sich bitte noch einen Augenblick gedulden."

„Das ist ja verdammt schnell gegangen. Was willst du denn jetzt machen?" Alena war plötzlich wieder da und saß auf ihrem Bett. „Hey, diese Hotels haben doch alle eine Treppe zum Hinterausgang. Das könnten wir versuchen. Nur weiß ich nicht, wo wir dann hingehen sollen."

„Nein", sagte Sophia, „bist du verrückt, ich werde jetzt nach unten gehen und die Sache nicht noch schlimmer machen. Kommst du mit?" Alena setzte sich auf

Sophias Schulter, was gar nichts ausmachte, denn eine andere Person außer Sophia konnte sie sowieso nicht sehen.

Den Weg nach unten bewältigte Sophia mit butterweichen Knien. Sie wusste ja nicht, was jetzt alles auf sie zukommen würde. Sie sehnte sich jetzt doch nach Martins Anwesenheit. Er hätte ihr wahrscheinlich die dicksten Vorwürfe gemacht, aber sie hätte wenigstens eine Schulter zum Anlehnen gehabt. Sie wurde auf einmal richtig wütend auf Martin. Wäre er nicht ein so empfindungsloser Esel, dann wäre er mit ihr gekommen und das alles wäre überhaupt nicht passiert.

„Na, für deine Doofheit kann dein Mann ja nun wirklich nichts", flüsterte ihr Alena ins Ohr, „Du solltest ihn vielleicht doch anrufen und mit ihm sprechen." Keine schlechte Idee, dachte Sophia. Andererseits schämte sie sich zu Tode. Da machte sie einmal etwas auf eigene Faust und schon ging es schief.

Als Sophia aus dem Aufzug stieg, winkte die Frau vom Empfang zu einer Sitzgruppe hinüber. Eine Dame und ein Herr in gepflegtem Business-Outfit kamen jetzt auf sie zu. Sophia staunte, sie hatte Polizisten in Uniform erwartet. Oder waren das gar verdeckte Ermittler? Hatten die Ohrringe einen solch hohen Wert, dass man ihr vielleicht den Geheimdienst hinterher geschickt hatte? Sophia schwirrte der Kopf vor lauter ungeklärten Fragen. Der Mann hatte auch noch einen Riesen-Blumenstrauß in der Hand und lächelte sie an. Wollte man sie damit in Sicherheit wiegen, damit sie nicht gleich davon lief?

„Frau Berger? Sie sind doch Frau Sophia Berger aus Deutschland?", hörte sie die attraktive Dame fragen. Sophia nickte, sie brachte kein Wort heraus und wartete ab, was da kommen würde. Im Geiste sah sie schon, wie der Mann mit Glitzersteinen besetzte und einem Satinband zusammen gehaltene Handschellen hervor holte und ihr mittelte, er müsse ihr das leider umlegen. Über ihre eigene Phantasie musste sie nun doch einmal schmunzeln, obwohl ihr wirklich nicht zum Lachen zumute war.

Die attraktive Frau in dem schicken Kostüm ergriff das Wort: „Herzlichen Glückwunsch, liebe Frau Berger. Sie hatten doch gestern an unserer Verlosung teilgenommen. Ja, sie haben den Hauptpreis unseres Hauses *Tiffany* gewonnen. Sie werden heute noch ins Hotel *The Plaza* umziehen und wir hoffen, sie werden die Zeit dort mit allen zur Verfügung stehenden Annehmlichkeiten und unserem Überraschungsprogramm sehr genießen".

Sophias Hände zitterten, als sie den großen Blumenstrauß entgegen nahm. Alles, wirklich alles hatte sie erwartet, aber das ganz bestimmt nicht. Alle um sie herum gratulierten ihr. Ein Blitzlichtgewitter setzte ein, denn *Tiffany's* hatte natürlich werbewirksam die New Yorker Presse dazu eingeladen.

In einer Stunde würde man sie abholen, Sophia hatte also genug Zeit zu packen und sich fertig zu machen. Unter normalen Umständen hätte sie vor Freude getanzt, aber jetzt wusste sie nicht recht, ob sie sich freuen sollte. Ihr großes Problem war ja damit nicht gelöst.

Alena hopste von ihrer Schulter. „ Das glaube ich jetzt einfach nicht. Du bist die erste Person, die für Diebstahl auch noch belohnt wird. Das *The Plaza* ist das feinste Haus am Platz direkt am Central Park. Dort hat schon die ganze Weltprominenz gewohnt, die größten Politiker und Wirtschaftsgrößen. Allerdings auch sogar einer der größten Mafia-Bosse. Warum also solltest du nicht auch da wohnen"? Alena kicherte und Sophia strafte sie mit einem bösen Blick. „Jetzt ziehen wir erst einmal ins *The Plaza*", sagte Alena, „und dann denken wir in Ruhe über die weiteren Schritte nach. In einer solch komfortablen Umgebung fällt uns bestimmt schneller etwas ein".

Sophia hatte jetzt das dringende Bedürfnis, ihren Mann anzurufen. Zuhause war es jetzt sieben Uhr morgens und Martin würde längst aufgestanden sein. Sie nahm ihr Handy und drückte die Nummer von zuhause. Nach einer halben Ewigkeit wurde endlich abgenommen und es meldete sich eine gutgelaunte Frauenstimme. „Bei Berger, guten Morgen...". Sophia fiel fast vor Schreck das Handy aus der Hand. Hastig drückte sie das Gespräch weg. Wer war das denn? Sophia setzte sich auf ihr Bett und ließ ihren Tränen freien Lauf. Das wurde ihr jetzt langsam alles zu viel. Ihre Enttäuschung war riesengroß.

Andererseits hatte sich Sophia Hals über Kopf in dieses Abenteuer begeben und ohne Vorwarnung alles stehen und liegen lassen.

Martin quittierte das scheinbar jetzt auf seine Weise.

6

„Guten Tag, gnädige Frau. Wir freuen uns, dass sie unser Gast sind. Ihre Suite wartet bereits auf sie. Wenn sie irgend einen Wunsch haben, sagen sie es bitte."

Der Hotelmanager hatte Sophia empfangen, als sei sie eine der vielen VIP's, die hier im Plaza ein und ausgehen. Das ganze Drumherum gehörte wohl auch zu ihrem Gewinn bei Tiffany und sie nahm sich vor, es zu genießen. Die Suite war größer als ihr Zuhause und bot einen unvergleichlichen Blick zum Central Park. Einfach nur phantastisch. Sophia hatte auf einmal große Lust, dort einen Spaziergang zu machen. Bis zum Abendessen hatte sie noch ein paar Stunden Zeit, die konnte sie nutzen.

Im Central Park genoss Sophia das pralle Leben. An jeder Ecke gab es Künstler, die mit ihren Darbietungen die Menschen erfreuten. Musiker, die sich in die Herzen der Leute spielten oder sangen. Selbstperformer, die mit ihren oft skurrilen Einfällen ihr Publikum in den

Bann zogen. Eine bunte, vielseitige Welt in dieser großen grünen Lunge des Big Apple.

Endlich kam Sophia zu dem großen See. Sie nahm sich ein Ruderboot, ruderte auf den See hinaus und hing ihren Gedanken nach. Eigentlich konnte sie nicht ernsthaft glauben, dass Martin sie betrog. Sie war doch erst ein paar Tage weg von zuhause. Oder war das eine Art spontane Rache für ihr Verhalten oder gar reine Verzweiflung? Je länger sie darüber nachdachte, desto trauriger wurde sie und sie nahm sich vor, Martin anzurufen, sobald sie wieder im Hotel war. Sophia hatte noch Glück gehabt. Als sie jetzt auf den Anlegesteg zu ruderte, warteten bereits einige Leute, um ein Boot zu ergattern. Sophia stieg aus und ging an der langen Menschenschlange vorbei. Ein junger Mann lächelte ihr zu und grüßte, so als würde er sie kennen. Auch Sophia hatte das Gefühl, ihn schon einmal gesehen zu haben, aber wo? Sie wischte ihre Gedanken beiseite und ging zurück zum Hotel, voller Vorfreude auf ein ausgiebiges Bad vor dem Abendessen.

Genüsslich lag Sophia in der großen Badewanne und sog den Duft des parfümierten Badewassers tief ein. Sie hatte sich ein Glas Champagner eingegossen, den man ihr in einem großen silbernen Kühler auf den Tisch gestellt hatte, zusammen mit einer Einladung zum eleganten Abendessen. Sophia nahm einen großen Schluck, zum einen, weil der Champagner vorzüglich schmeckte, zum anderen, weil sie gleich zuhause anrufen würde.

Sie atmete noch einmal tief durch und drückte entschlossen Martin's Nummer. Als sie die vertraute Stimme ihres Mannes hörte, machte ihr Herz einen kleinen Hopser. „Hallo, Martin, ich bin es, Sophia". Am anderen Ende war es einige Augenblicke ganz still. „Sophia, wo um alles in der Welt bist du?", hörte sie Martin fragen. „Ach, Martin, ich bin im Hotel „ThePlaza" in New York und liege gerade in einer traumhaften Badewanne mit ganz viel duftendem Schaum. Ich war bei Tiff..."

Martin unterbrach sie rüde: „Sophia, jetzt ist aber Schluß. Ich nehme einmal an, du bist bei deiner Schwester in Bremen und hast mich jetzt lange genug zum Narren gehalten. Was ist nur mit dir los? Plaza,

New York, ich glaube, ich spinne. Du solltest dich morgen in den Zug setzen und nach Hause kommen." Sophia konnte es nicht fassen. Wütend beendete sie das Gespräch. Es hatte doch keinen Zweck.

Martin nahm sie überhaupt nicht ernst. Er konnte ihr erst einmal gestohlen bleiben. Auf keinen Fall würde sie ihn noch einmal anrufen. Sollte er sich doch melden. Sie war in einem der schönsten Hotels der Welt, aber ihr eigener Mann traute ihr nur einen Vorort von Bremen zu.

„Weißt du, Sophia, in all den Jahren deiner Ehe hast du dein Leben dem Leben deines Mannes angepasst. Wie soll er da an eine Sophia glauben, die von einem Abenteuer ins nächste schlittert?" Alena saß auf dem Rand der Badewanne und versuchte, ihr Martin's Verhalten zu erklären. „Du hast ja grundsätzlich recht. Trotzdem hätte ich mir gewünscht, dass er sich wenigstens Sorgen um mich machen würde", erwiderte Sophia.

„Warum sollte er sich Sorgen machen? Er glaubt doch, du bist in Bremen und das ist nicht gefährlich." Alena hatte ja recht, aber das änderte nichts daran, dass Sophia enttäuscht war. Alena brachte sie auf eine Idee: „Schicke Martin von hier ein paar Grüße per Fax. Dann sieht er doch, woher es kommt. Das rüttelt ihn möglicherweise ein wenig auf."

„Gute Idee", lachte Sophia und ihre Stimmung besserte sich allmählich. Sophia zog ihr Kleines Schwarzes an und ging hinunter zur Rezeption. Man erwartete sie dort bereits und eine junge Mitarbeiterin brachte sie ins Restaurant „*The Oak Room*", ein wunderschöner großer holzgetäfelter Raum, der jetzt ein Restaurant war. Anfang des Zwanzigsten Jahrhunderts war das einmal eine Bar nur für Männer gewesen.

Man führte sie an einen großen Tisch und Sophia erfuhr, dass es noch vier andere Gewinner bei Tiffany gegeben hatte. Ein älteres Ehepaar, eine jüngere Frau und eine Dame mittleren Alters saßen bereits am Tisch und begrüßten sie. Sophia erfuhr, dass das Ehepaar aus Schottland kam, die junge Dame war eine Stripperin aus Las Vegas und der ältere Schotte unterhielt sich angeregt mit ihr, sehr zum Missfallen seiner Frau. Sophia lächelte amüsiert. Der Schotte war alles andere als ein attraktiver Mann und hatte bestimmt bei der jungen Stripperin sowieso keine Chance. Seine Frau aber sah das offensichtlich anders. Die andere Dame war eine kanadische Lehrerin und auch zum ersten Mal in New York.

Das Essen war wirklich köstlich und nach dem Dessert war Sophia pappsatt. Das ältere Paar hatte sich bereits verabschiedet und die Stripperin fragte, ob sie noch auf einen Drink mit in die Bar kommen würde. Sophia fand die Idee gut und folgte den beiden Frauen in die „*Oak Bar*". Die gemütliche Atmosphäre, untermalt von Klaviermusik, nahm Sophia sofort gefangen. Sie bestellte sich ein Glas Champagner. Der war hier sicher sündhaft teuer, aber das war ihr in diesem Moment egal. Sie genoss es einfach, hier zu sein und lauschte der Sängerin, die gerade ein Lied von Frank Sinatra sang. Sophia summte leise den Refrain mit: „I did it my way...". „Ja", dachte sie, „es ist mein Weg. Weiß der Himmel, wohin er führen wird".

„Guten Abend. Ich hoffe, sie amüsieren sich gut?" Ein junger Mann hatte sich neben sie gesetzt und prostete ihr zu. Sophia staunte, es war der junge Mann aus dem Central Park, der sie am Bootssteg so nett angelächelt hatte. Zufälle gab es.

Alena, die plötzlich auf ihrer Schulter saß, flüsterte ihr aufgeregt ins Ohr: „Weißt du, wer das ist? Kannst du dich erinnern?" Auf einmal fiel es Sophia wie Schuppen von den Augen. Das war doch der junge Mann, der sie bei Tiffany bedient hatte und der ihr die Ohrringe herausgelegt hatte. „Das ist garantiert kein Zufall", plapperte Alena weiter, „am besten, du verkrümelst dich auf elegante Weise".

„Schade", sagte der junge Mann, „dass sie die Ohrringe heute Abend nicht tragen. Der Anlass könnte doch nicht besser sein". Der junge Mann grinste sie an und redete auch schon weiter: „Ich habe sie heute Nachmittag im Central Park sofort wiedererkannt und bin ihnen gefolgt. Ein wirklich glücklicher Zufall".

„Ich weiß", stotterte Sophia, „das war ein unverzeihlicher Fehler. Ich weiß gar nicht mehr, warum ich die Ohrringe überhaupt eingesteckt habe. Jetzt müssen sie sicher die Polizei rufen?" Sophia bekam plötzlich große Angst und ihr wurde auf einmal schrecklich übel. Am liebsten würde sie jetzt zuhause in ihrem Bett liegen und gleich aus diesem schrecklichen Albtraum aufwachen. Statt dessen war der junge Mann noch ein bisschen näher gerückt und flüsterte. „Wissen sie eigentlich, dass sie sehr sehr teure Ohrringe an sich genommen haben? Aber sie können beruhigt sein, ich werde die Polizei nicht rufen. Sie händigen mir die Stücke einfach aus und wir vereinbaren einen Deal."

Eigentlich sollte Sophia jetzt beruhigt sein. Sie würde dem jungen Mann die Ohrringe geben und alles würde erledigt sein. Aber Sophia hatte das ungute Gefühl, dass es so einfach nicht sein würde. Sie sollte sich nicht getäuscht haben. Es kam noch viel schlimmer, als sie befürchtet hatte.

7

Sophia fühlte sich zunehmend unbehaglicher. Der junge Mann hatte sich ihr als „Sam" vorgestellt und er gab ihr zu verstehen, dass das vorerst auch genügen sollte. Sam rückte nun noch ein bisschen näher an Sophia heran und flüsterte ihr zu. „Wir beide gehen jetzt auf dein Zimmer und holen die Ohrringe, o.k.?" Sophia blieb ja gar nichts anderes übrig, also nickte sie nur und sagte kein Wort.

In ihrer Suite holte sie die Ohrringe aus ihrem Versteck im Badezimmer und hielt sie Sam hin. „Hier bitte. Und danke, dass sie mich nicht verraten wollen. Hoffentlich können sie die Ohrringe unbemerkt zurück legen."

Sam grinste sie unverschämt an. „Ich werde die Ohrringe nicht zurück legen. Ich werde sehen, was ich dafür bekommen kann." Sophia fiel aus allen Wolken. Aber letztendlich konnte es ihr egal sein, was er damit anstellte. Die Hauptsache war doch, sie war diese

Dinger endlich los und konnte diese blöde Dummheit abhaken.

„Mir ist da nämlich eine Idee gekommen, Baby. Morgen kommst du wieder zu Tiffany. Ich werde dich bedienen und dir ein paar schöne Stücke heraus legen. Eines davon wirst du wieder ganz diskret einstecken. Du weißt ja, wie das geht. Nach Feierabend hole ich das kostbare Stück bei dir ab".

Sophia traute ihren Ohren nicht. Sie nahm allen Mut zusammen und sagte trotzig: „Und wenn ich das nicht mache?" Sam funkelte sie böse an. „Du hast gar keine Wahl, Baby. Los, setz' dich da auf den Stuhl und halte die Ohrringe frei in der Hand." Unsanft schob Sam sie beiseite. Sophia gehorchte, denn ein großes Angstgefühl machte sich langsam in ihr breit. Sam holte eine kleine Kamera aus der Jackentasche und fotografierte sie mit den Ohrringen in ihrer Hand. Dann fasste er sie hart am Arm und zog sie zu sich hoch. „Du musst keine Angst haben", raunte ihr Sam ins Ohr, „ich werde dir nichts tun, schließlich brauche ich dich noch." Sam lachte laut, als hätte er eben einen tollen Witz gemacht. „Die Ohrringe behälst du, Baby. Das ist meine Bezahlung im Voraus für dich. Wenn alles gut läuft, kaufe ich sie dir vielleicht wieder ab. Also, bis morgen und keine krummen Dinger. Du ahnst bestimmt, dass ich auch anders kann," sagte Sam mit einem drohenden Unterton in der Stimme. Zwei Sekunden später saß Sophia alleine in ihrer Suite, unfähig, sich zu rühren.

„Na, langsam wird es ja richtig spannend. Was meinst du kommt als nächstes?" Alena saß auf Sophia's rechtem Knie wie auf einem Vibrator, so sehr zitterten ihre Beine. „Der Typ sah auch nicht so aus, als würde er scherzen. Was willst du jetzt machen?" fragte Alena.

Sophia löste sich langsam aus ihrer Starre. „Ich werde da morgen wohl hingehen müssen, ich habe keine andere Wahl. Entweder muss ich tatsächlich etwas mitgehen lassen oder das Ganze entpuppt sich als Scherz und gehört mit zu meinem Gewinn." Sophia hoffte inständig, alles würde sich im Guten auflösen. Gerne wollte sie auch Opfer der „Versteckten Kamera" im Amerikanischen Fernsehen sein. Sollten die Bilder ruhig um die Welt gehen und alle sollten ihren Spaß haben. Alles war besser.

„Hey Sophia, ich glaube, du brauchst jetzt dringend noch etwas zu trinken. Komm, wir gehen nach unten in die Bar. Hier oben wirst du deine Angst jetzt nicht los, du brauchst jetzt Gesellschaft und Ablenkung. Bestimmt sind die beiden Frauen noch unten und morgen sehen wir weiter." Alena hatte recht. Hier in ihrer Suite konnte sie jetzt nicht bleiben.

Die beiden Frauen waren wohl schon ins Bett gegangen, jedenfalls konnte Sophia sie nirgends entdecken. Sie setzte sich an den Tresen und bestellte einen Gin Tonic. Sie brauchte jetzt etwas Handfesteres als Champagner und zu feiern hatte sie weiß Gott auch nichts.

Sophia starrte auf ihr Glas und hing ihren Gedanken nach. Erst jetzt bemerkte sie, dass neben ihr ein Mann mittleren Alters saß und sie anlächelte. Das hatte ihr gerade noch gefehlt. Ihr Bedarf an männlichen Unbekannten war für heute bereits mehr als gedeckt. Obwohl, dieser Mann sah nicht aus, als wäre er gefährlich, aber das hatte sie bei dem jungen Mann zu Anfang auch nicht vermutet.

„Kann ich ihnen helfen? Ist ihnen nicht gut?". Der Mann neben ihr beugte sich besorgt zu ihr hinüber. „Vielen Dank", sagte Sophia, „es geht schon wieder. Sie müssen mir nicht helfen." Die angenehme tiefe Stimme des Mannes beruhigte sie ein wenig und sie lächelte ihn dankbar an.

„Darf ich mich vorstellen? Mein Name ist Timos Galanis. Ich bin Grieche und geschäftlich hier in New York. Wenn sie einen guten Zuhörer brauchen, stehe ich gerne zur Verfügung. Denn ich habe das Gefühl, dass Sie etwas bedrückt."

„Ich bin Sophia. Sophia Berger. Ich komme aus Deutschland und...und...ich bin von zuhause weggelaufen." Timos Galanis musste laut lachen. Er glaubte wohl, sie habe einen besonders guten Witz gemacht. Sophia wusste nicht warum, aber sie hatte Vertrauen zu diesem Griechen. Alles, wirklich alles sprudelte plötzlich aus ihr heraus.

Sie erzählte Timos Galanis ihre ganze kuriose Geschichte. Der attraktive

Grieche hörte ihr zu, ohne ihren Redefluß auch nur einmal zu stoppen. Manchmal hob er seine linke Augenbraue, als könne er das Gehörte gar nicht recht glauben. Sophia beendete ihre Geschichte mit einem tiefen Schluchzer. Für einen langen Moment schwiegen beide.

„Du meine Güte, Sophia. Das ist ja schrecklich. Gerne will ich ihnen helfen, wenn ich kann. Ich weiß nur noch nicht wie. Aber mir wird etwas einfallen. Auf keinen Fall gehen sie morgen zu Tiffany. Dieser Mann soll warten bis er schwarz wird."

„Ich vermute, er wird eher rot werden, rot vor Zorn, wenn ich nicht komme", entgegnete Sophia.

Jetzt erst merkte sie, dass sie die Ohrringe noch immer in ihrer Hand hatte und hielt sie Timos unter die Nase. Galanis nahm sie ihr aus der Hand und begutachtete sie ausführlich mit ernster Mine. Plötzlich erhellte sich sein Gesichtsausdruck und er fing an zu lachen. Galanis nahm Sophias Gesicht in beide Hände und küsste sie stürmisch. „Sophia, die Ohrringe sind nicht echt. Das ist Sterling Silber mit

Kunststeinen. Glauben Sie mir, ich verstehe etwas davon."

Sophia schüttelte den Kopf, denn sie dachte, er wollte sich über sie lustig machen.

„Wo bei Tiffany haben sie die gekau...äh...mitgenommen?" Sophia wusste das natürlich nicht mehr genau. „Wissen sie Sophia, bei Tiffany gibt es eine Etage, die nur Silberschmuck verkauft. Der ist so gut gemacht, dass man kaum einen Unterschied feststellen kann."

Sophia fiel Timos Galanis dankbar um den Hals. Tränen der Erleichterung liefen ihr über die Wangen.

„Na ja, auch wenn die Dinger nur einen Wert von ein paar hundert Dollar haben, bleibt es doch Diebstahl", gab Timos zu bedenken. „Der Kerl hat ihr Foto und weiß wo sie wohnen. Er könnte behaupten, dass er den Diebstahl bemerkt hat und ihnen gefolgt ist."

Jetzt wusste Sophia nicht mehr weiter und fing wieder an zu weinen. Timos Galanis reichte ihr ein weißes, nach einem teuren

Duft riechendes Taschentuch. „Wir geben jetzt nicht auf. Ich hatte doch versprochen, ihnen zu helfen. Ich halte mein Wort. Was halten sie von einem Ausflug nach Griechenland? Genauer gesagt auf die Insel Chios? Ich habe einen Plan. Wollen sie mir vertrauen?" Sophia nickte dankbar. „Also gut. Sie packen jetzt Ihre Sachen und in einer halben Stunde holt mein Assistent das Gepäck in Ihrem Zimmer ab und bringt es in unseren Wagen. Behalten sie nur das nötigste, um morgen früh startklar zu sein. Nach dem Frühstück gehen sie bitte in die Tiefgarage. Mein Assistent wird sie dort einladen und zum Flughafen bringen. Dort treffen wir uns in der VIP-Lounge. Ich werde alles arrangieren."

Galanis stand auf, hauchte Sophia noch einen Kuss auf die Hand und verließ die Bar.

„Über Abwechslung kannst du dich ja nun wirklich nicht beklagen", sagte Alena, die sich vor ihr auf dem Tresen aufgebaut hatte. „Du wirst dem Kerl die Geschichte doch nicht etwa abkaufen". Sophias Blick verriet jedoch, dass sie genau das tun wollte. „Ich habe doch gar keine andere

Chance, um aus dem Schlamassel wieder heraus zu kommen." Sophia zeigte sich fest entschlossen.

„Um wenig später im nächsten Schlamassel zu landen?" fragte Alena.

„Ich vertraue Timos", sagte Sophia und Alena gab ihren Widerstand auf.

Am nächsten Morgen ließ Sophia sich ihr Frühstück schmecken. Sie war überhaupt nicht mehr aufgeregt. Sie freute sich nur, dass sie endlich hier weg konnte. Und ein kleines bisschen freute sie sich auch, dass sie Timos bald wiedersehen würde.

Endlich saß Sophia im Wagen und würde bald am Flughafen sein. Als sie am Hoteleingang vorbei fuhren, fuhr Sophia plötzlich der Schreck durch sämtliche Glieder. Gerade sah sie Martin, ihren Mann, ins Hotel gehen. Sie bat den Fahrer anzuhalten, doch der schüttelte den Kopf. Er hatte Anweisung, Sophia sicher zum Flughafen zu bringen und nichts konnte ihn davon abhalten.

8

Sophia kramte ihr Handy aus der Handtasche. Mit zittrigen Händen drückte sie die Mobilnummer ihres Mannes. Mailbox. Martin hatte sein Telefon nicht eingeschaltet. Sophia klappte ihr Handy wieder zu. Wer weiß, wann Martin seine Mailbox abhören würde. Es hatte deshalb gar keinen Sinn, ihm eine Nachricht zu hinterlassen. Außerdem würde er sehen, dass sie versucht hatte, ihn zu erreichen und hoffentlich zurückrufen. Im Moment konnte sie sowieso nichts tun. Der Fahrer ließ nicht mit sich diskutieren und würde sie wie vereinbart zum Flughafen bringen. Dort konnte sie mit Timos Galanis sprechen. Er würde sie sicher zurück bringen lassen.

„Wenn du deinen Mann nicht erreichen kannst, dann rufe doch im Hotel an und hinterlasse eine Nachricht", rief Alena, die gerade aus Sophia's Handtasche kroch.

„Gute Idee, ich habe ja noch die Guest-Card des Hotels mit der Telefonnummer". Sophia wählte die Nummer des Plaza.

Dort bedauerte man sehr, aber Herr Berger hatte das Hotel bereits wieder verlassen. Na super, das half ihr jetzt nicht weiter.

„Ein Wink des Schicksals", tröstete Alena, „vielleicht ist eine Reise nach Griechenland gar so keine schlechte Idee. Du solltest das einmal so sehen: auch wenn dein Mann in New York ist, ändert das doch nichts an deinem Schlamassel." Alena hatte Recht. Sie musste versuchen, dass Martin ebenfalls mitkommen konnte. Sophia lehnte sich entspannt zurück und war froh, den Griechen Timos Galanis bald zu treffen.

Am Flughafen fuhr die Limousine durch einen Tunnel direkt zum Rollfeld. Was hatte das nun wieder zu bedeuten? Sophia konnte sich das nicht erklären. Vor einem Privatjet hielt der Wagen. Eine junge Frau wartete bereits an der Gangway und begleitete Sophia die Treppe hinauf. Im geräumigen Inneren des Fliegers, das eher wie ein Wohnzimmer aussah, saß Timos. Als er Sophia sah, sprang er auf und begrüßte sie herzlich. Er gab der Stewardess ein Zeichen, die schloss sofort die Tür und ging ins Cockpit. Mit allem hatte sie gerechnet, aber nicht damit, dass Galanis ein Privatflugzeug besaß.

„Liebe Sophia, wir starten in wenigen Minuten. sie sind in Sicherheit." Timos strahlte sie an. Eigentlich wollte Sophia widersprechen und ihm von Martin's Ankunft erzählen. Aus irgendeinem Grund ließ sie es aber bleiben. Sie zuckte nur mit den Schultern und ließ sich in den weichen Ledersessel fallen. Wie sie jetzt erfuhr, würden sie in London zwischenlanden. Bis dahin konnte sie immer noch überlegen, was sie tun wollte. Jetzt genoss Sophia erst einmal den Champagner, den Timos ihr reichte. In diesem Moment fühlte sie sich wunderbar geborgen. Dieser Mann hatte eine Ausstrahlung, die sie einfach nicht ignorieren konnte. Oder vielleicht auch gar nicht wollte.

Die Flugzeit war rasend schnell vergangen. Timos hatte ihr von seiner Heimat erzählt und von seiner Arbeit als Reeder. Sie erfuhr, dass seine Frau sich vor vier Jahren von ihm getrennt hatte, weil er durch die Welt reisen musste und kaum zuhause war. Gemeinsame Kinder hatten sie nicht.

Der Zwischenstopp in London diente nur zum Auftanken der Maschine. Einen Moment lang dachte Sophia daran, in London den Flieger zu verlassen. Schnell verwarf sie den Gedanken wieder. Ja, sie wollte mit Timos Galanis nach Griechenland fliegen. Dort konnte sie dann ja immer noch entscheiden.

Sophia sah aus dem Fenster. Unter ihnen kräuselte sich das Mittelmeer in einem atemberaubenden Blau. Immer wieder tauchten Inseln auf, die mit ihren weißen Häusern in der Sonne glänzten. Chios lag in der traumhaften Ägäis vor der Türkischen Küste.

„Wir landen gleich auf Chios, Sophia, sie sollten sich anschnallen", sagte Timos fürsorglich.

Auf dem Rollfeld wartete bereits wieder eine Limousine auf sie. Auf direktem Weg fuhren sie zum Hafen. Dort lag eine wunderschöne weiße Jacht von beeindruckender Größe vor Anker. Ein kleines Boot brachte sie hinüber. Sophia war fasziniert. Die Jacht „*Amalia*", Timos hatte sie nach seiner Mutter benannt, besaß mehrere Schlafzimmer mit dazugehörigen Bädern, einen großen Salon mit edler, aber dezenter Einrichtung und ein riesengroßes Sonnendeck mit gemütlicher Sitzlandschaft.

„Sie möchten sich bestimmt ein bisschen erfrischen und ausruhen. In einer Stunde können wir etwas essen, wenn sie möchten." Timos führte Sophia zu ihrer Kabine und ließ sie dann alleine.

„Mensch Sophia, hier sollten wir recht lange bleiben", jubelte Alena, „also Respekt, das soll dir erst einmal jemand nachmachen. Du baust den größten denkbaren Mist und wirst dafür mit einem Traum belohnt. Hoffentlich ist das alles nicht zu schön um wahr zu sein. Der Haken wird vermutlich früher oder später schon auftauchen."

„Ach Alena, jetzt lass' es mal gut sein, du alte Unke. Heute will ich nicht darüber nachdenken. Vielleicht morgen. Oder übermorgen!" Sophia lächelte zufrieden.

Sophia ging nach einer erfrischenden Dusche nach oben und traute ihren Augen nicht. Ein reich gedeckter Tisch mit herrlichen frischen Meeresfrüchten,

Salaten und einer großen Obstschale war vor ihr aufgebaut. Timos bat sie Platz zu nehmen und reichte ihr eisgekühlten Champagner. Sophia sah hinaus auf das blaue Mittelmeer, sah im Hintergrund die Insel Chios, sah vor sich die herrlichsten Speisen...und sah dann in die tiefblauen Augen von Timos Galanis. Sein Blick hielt sie in einer Weise gefangen, der ihr Gänsehaut verursachte. Ein lange nicht mehr gekanntes Gefühl überkam sie und machte sie eigenartig glücklich.

„Ja", dachte Sophia, „genauso hatte ich mir das vorgestellt: ein herrliches Mittagessen auf einer weißen Jacht im blauen Mittelmeer."

Und plötzlich geschah etwas, womit Sophia nicht gerechnet hatte...oder doch?

9

Sophia öffnete die Augen erst wieder, als Timos seine Lippen von ihren löste. Ihr war ganz schwindelig und ihre Knie zitterten vor Aufregung. Der Champagner konnte es nicht sein, denn daran hatte sie nur einmal kurz genippt.

Wieder versank sie in den tiefblauen Augen des attraktiven Griechen. Plötzlich schob sich für einen ganz kurzen Moment Martin's Gesicht davor und Sophia fühlte, wie ihr Herz vor Aufregung raste. Oder war das ihr schlechtes Gewissen? Was tat sie denn hier in den Armen eines fremden Mannes? Ihr Verstand unternahm einen letzten Versuch, ihr Tun zu überdenken. Doch Martin's Gesicht war bereits wieder verschwunden. Jetzt sah sie nur noch Timos' Gesicht klar und deutlich vor sich, fühlte sich unendlich wohl in seinen Armen und nichts konnte sie davon abhalten, sich in dieses aufregende Abenteuer zu stürzen.

In der Nacht wurde Sophia plötzlich wach. Ihr Handy läutete und holte sie mit einem Satz aus dem Bett. Sie lief schnell an Deck, denn sie wollte Timos nicht aufwecken. Das konnte doch nur Martin sein, der sich jetzt bei ihr meldete. Was sollte sie ihm denn nur sagen? Sophia meldete sich aufgeregt und mit einem extrem schlechten Gewissen. Doch schon im nächsten Augenblick ließ ein jäher Schreck ihr Herz für einige Sekunden stillstehen. Sophia glaubte, ihren Ohren nicht zu trauen. Am anderen Ende der Leitung war „Sam", der sie laut beschimpfte und bedrohte. Woher hatte er ihre Nummer? Sophia bekam große Angst und ließ vor Schreck ihr Handy fallen. Als sie danach greifen wollte, rutschte sie auf den feuchten Blanken der Jacht aus, erwischte das Handy mit dem Fuß und katapultierte es geradewegs ins Meer.

„Das hat gerade noch gefehlt", rief Alena erschrocken aus, die plötzlich auf Sophia's Schulter saß. „Wie willst du deinen Mann denn jetzt noch erreichen? Oder umgekehrt? Aber nach allem, was bisher hier auf dem Schiff geschehen ist, wirst du das möglicherweise auch gar nicht wollen."

Sophia sah Alena erschrocken an. „Das eben am Telefon, das war nicht Martin, das war...Sam".

Alena rutschte von Sophias Schulter direkt in ihre Hände. „Was? Sam! Der Sam aus New York? Was wollte der denn? Und woher zum Teufel hat er deine Handynummer? Da ist doch etwas faul. Wenn du mich fragst, dieser Grieche...".

„Ich frage dich aber nicht", widersprach Sophia energisch.

„Mit wem redest du denn da?" Sophia drehte sich erschrocken um, sie hatte Timos gar nicht bemerkt. Wie lange er wohl schon da stand? Sie lief auf ihn zu und umarmte ihn.

„Ach Timos, ich wollte nicht, dass du wach wirst und bin deshalb schnell nach oben gegangen. Ich hatte nämlich gerade einen Anruf von „Sam". Du weißt schon, der Verkaüfer von Tiffany's. Und vor lauter Schreck und mithilfe meiner Dusseligkeit ist mir mein Handy ins Meer gefallen." Timos lächelte: „Sei doch froh, dann kann er dich nicht mehr anrufen. Du

hast ihm doch hoffentlich nicht gesagt, wo
du bist?"

Sophia schnaubte: „Natürlich nicht, bin
ich denn verrückt. Aber...dieser Sam
macht mir auch weniger Sorgen..."

Es half nichts, sie musste Timos jetzt alles
beichten. „Weißt du, als ich in New York
abgereist bin, ist mein Mann
angekommen. Ich habe ihn gerade noch
ins Hotel gehen sehen. Dein Fahrer wollte
auf keinen Fall anhalten und per Telefon
konnte ich Martin nicht erreichen. Und
jetzt kann er mich nicht mehr erreichen,
mein Handy liegt ja auf dem
Meeresboden."

Timos sah Sophia besorgt an, nahm ihr
Gesicht zwischen beide Hände und sagte:
„Auch wenn mir das ganz und gar nicht
gefällt, dein Mann macht sich bestimmt
große Sorgen. Wir werden nach dem
Frühstück in die Stadt fahren und dir ein
neues Handy besorgen. Du musst mit
deinem Mann sprechen! Alles Weitere soll
sich ergeben." Timos nahm Sophia ganz
fest in die Arme. „Sophia, ich möchte
gerne um dich kämpfen, meinst du ich
habe eine Chance?"

Sophia konnte ihm jetzt darauf noch keine Antwort geben.

Fertig angezogen für den Stadtbummel begab Sophia sich auf die Suche nach Timos. Seine Kabinentür war nur angelehnt. Sophia wollte ihn überraschen und öffnete ganz leise die Tür. Wie angewurzelt blieb Sophia stehen. Timos stand vor einem geöffneten Wandtresor. Er hielt etwas in der Hand, begutachtete es ganz genau und lächelte selbstvergessen. Das konnte doch jetzt nicht wahr sein. Sophia konnte es nicht glauben. Es waren doch tatsächlich die von ihr gestohlenen Ohrringe, die Timos in seinen Händen hielt. Sophia wurde es abwechselnd heiß und kalt. Wie kam Timos an die Ohrringe, sie hatte sie ihm doch gar nicht gegeben, oder doch? Sie konnte sich jedenfalls nicht erinnern. Jetzt sah Sophia, wie Timos die Ohrringe in den Tresor legte und ihn wieder verschloss. Vorsichtig lehnte sie die Tür wieder an und lief so schnell sie konnte zurück in ihre Kabine. Wie gut, dass Timos sie nicht bemerkt hatte. Ihr wurde plötzlich schwindelig und sie setzte sich ungläubig und fragend auf ihr Bett. Wann hatte Timos ihr die Ohrringe denn weggenommen? Warum bewahrte Timos die Stücke in seinem Tresor auf, wenn sie doch eigentlich völlig wertlos waren? Sophia war mehr als verwirrt und fand keine Antworten. Wem konnte sie denn überhaupt noch vertrauen?

10

Schweigend saß Sophia neben Timos im Wagen. Auf dem Weg in die Stadt hatte sie kein Wort gesprochen, während Timos ihr gutgelaunt die Geschichte seiner Heimat erzählte. Demnach war Chios seit mehreren Tausend Jahren bewohnt. Die Höhlen von Agios Gala hatte es schon im Jahre 3000 vor Christi gegeben. Der erste König von Chios hieß Amphialos und wurde der Legende nach von einem Orakel auf die Insel geschickt. Später dann hatten die Ionier aus Kleinasien die Insel bevölkert.

Sophia hörte gar nicht richtig zu, ihre Gedanken kreisten wild durcheinander. Sie hatte kein Auge für die wilden Tulpen und den herrlich duftenden Jasmin, die hier zuhauf wuchsen.

Ein ganz merkwürdiges Gefühl verspürte sie in der Magengegend. War es Angst? Angst vor Timos, dem sie doch so vertraut hatte? Nein, Angst war es bestimmt nicht, eher eine riesengroße Enttäuschung. Wie gerne hätte sie jetzt geweint, aber sie musste sich zusammen reißen. Timos durfte nicht merken, welche Ungeheuerlichkeit sie heute Morgen gesehen hatte. Vielleicht war alles auch ganz harmlos und sie sollte ihn einfach danach fragen. Aber was sollte werden, wenn nicht? Einerseits war Sophia gerade dabei, sich unsterblich in diesen Griechen zu verlieben, andererseits hatte sie das Erlebnis am Morgen auch ziemlich verunsichert.

„Warum hörst du nicht einfach auf dein Gefühl? Traust du diesem Griechen wirklich ein krummes Ding zu? Was sagt denn dein Herz?" Alena holte mit Ihrer Frage Sophia in die Gegenwart zurück und plapperte munter weiter. „Du weißt, dass ich deine Eskapaden nicht unbedingt schätze und dieser Grieche war mir anfangs auch nicht geheuer. Aber er hat dir geholfen und warum sollte er dich mit auf diese Insel nehmen, wenn es ihm doch nur um die Ohrringe geht?"

Sophia stutzte. Ja, Alena hatte Recht, das machte wirklich keinen Sinn. Aber sie wollte es herausfinden und musste deshalb erst einmal sehr vorsichtig sein.

„Sophia, träumst du?" Timos sah sie zärtlich an, griff nach ihrer Hand und küsste sie. „Du solltest dir nicht so viele Gedanken machen und erst einmal mit deinem Mann telefonieren. Dann sehen wir weiter."

Gott sei Dank interpretierte Timos ihr Verhalten falsch und merkte nicht, dass sie ihn im Moment mit sehr misstrauischen Augen sah. Um sich nicht zu verraten, ging sie auf seine Zärtlichkeiten ein und strahlte ihn an. „Ja, du hast Recht, ich werde heute erst einmal mit Martin telefonieren."

Sophia hatte sich ein Prepaid-Handy gekauft und mit ihrer Kreditkarte aufgeladen. Sie bat Timos, sie alleine zu lassen, um ungestört mit Martin telefonieren zu können. Timos respektierte ihren Wunsch und versprach, sie in einer Stunde wieder hier abzuholen. Er winkte ihr noch aufmunternd zu und verschwand in einer der Gassen der kleinen mittelalterlichen Hafenstadt.

Sophia überlegte, ob sie Martin tatsächlich anrufen sollte. Wie sollte sie ihm das alles bloß erklären? Sophia zögerte noch immer. Trotzdem war Martin vielleicht ihre einzige Rettung. Er mochte vielleicht ein miserabler Ehemann sein, aber sie hatte ihm wenigstens immer vertrauen können in all den Jahren.

„Hast du die Nummer vergessen?" Alena saß auf Sophias Hand und deutete auf das Handy.

Sophia schüttelte den Kopf und sah noch immer nachdenklich aus. Alena stemmte die Hände in die Hüften und sagte: „Aha, die Dame ist wohl feige. In den Schlamassel reinkommen war wesentlich einfacher, nicht wahr? Jetzt mach schon und ruf deinen Mann an. Durchs Telefon kann er ja nicht beißen. Egal wie sauer er auf dich sein mag, jedenfalls weiß er dann, dass du noch lebst."

Alena hatte Recht. Sophia wählte die Nummer und musste nicht lange warten, bis Martin abhob. „Hallo Martin, Sophia hier, ich..." Martin ließ sie gar nicht zu Wort kommen und rief ins Telefon: „Sophia, um Himmels Willen, wo bist du? Ich bin auch in New York, im Plaza. Wie ich herausgefunden habe, wo du steckst, kann ich dir später erzählen. Mensch,

Sophia, hier ist die Hölle los. Man sucht dich überall. Sag' mir jetzt sofort, wo du bist. Ich komme und hole dich". Sophia hörte die Besorgnis, aber auch die Erleichterung in Martins Stimme, dass sie sich gemeldet hatte und das tat ihr schon ein bisschen gut.

„Martin, ich bin nicht mehr in New York. Ich habe eine furchtbare Dummheit gemacht und da bin ich..." Martin unterbrach sie entsetzt: „Wie, du bist nicht mehr in New York? Wo bist du denn dann? Und von welcher Dummheit redest du denn? Sophia, geht es dir wirklich gut? Sag' mir jetzt bitte auf der Stelle, wo du bist!"

„Das würde ich ja gerne, wenn du mich nur zu Wort kommen lässt", entgegnete Sophia."Ich bin auf Chios, das ist eine Insel in der Ägäis. Ich bin mithilfe eines Mannes aus New York geflohen, weil ich bei *Tiffany's* Schmuck gestohlen habe. Ich wusste einfach nicht mehr, was ich machen sollte. Sam war doch hinter mir her. Aber jetzt geschehen hier auch seltsam merkwürdige Dinge und ich weiß nicht mehr, wem ich noch vertrauen kann."

Martin wurde allmählich sauer, Sophia kannte diesen Unterton sehr genau. „Ach so, jetzt sitzt du richtig tief in der Scheiße und da fällt dir plötzlich doch wieder dein Ehemann ein. Weißt du eigentlich, was für eine Angst ich um dich hatte? Was heißt überhaupt, du hast gestohlen? Warum? Wer, um Himmels Willen, ist Sam? Und wer ist dieser Mann, mit dem du geflohen bist? Wie konntest du überhaupt so einfach aus den Vereinigten Staaten heraus?"

Sophia unterbrach seinen Redeschwall. „Das kann ich dir nicht in zwei Sätzen beantworten. Ich wollte erst einmal, dass du weißt, dass ich noch lebe. Martin, ich muss jetzt etwas herausfinden. Das ist sehr wichtig. Kann ich mich bei dir melden, wenn es hier brenzlig wird?" Sie hörte, wie Martin nach Luft schnappte. „Sophia, bist du verrückt? Du fliegst jetzt sofort nach Hause oder ich komme nach Chios" „Nein, Martin", rief Sophia, „das wäre keine gute Idee. Ich komme schon zurecht. Wenn etwas sein sollte, melde ich mich. Mach's gut Martin, ich danke dir."

Bevor Martin etwas erwidern konnte, hatte sie das Gespräch beendet. Da war es schon wieder, dieses Gefühl der Enttäuschung. Martin machte sich zwar Sorgen und wollte ihr bestimmt auch helfen, aber er hatte nicht einmal gesagt, dass er sie vermisste oder sogar, dass er sie liebte. Das hielt ihr schlechtes Gewissen ihm gegenüber in überschaubaren Grenzen. Alena hatte das Telefonat verfolgt und gleich mehrmals die Luft angehalten. „Na, wenigstens hast du ihm nicht erzählt, dass du ein Verhältnis mit dem Griechen hast. Das hätte ihm womöglich den Rest gegeben. Der Mann ist ja total durch den Wind und erlebt vermutlich gerade das größte Abenteuer seines Lebens. Ein ziemlicher Brocken für einen trockenen Banker, meinst du nicht auch? Was machst du denn, wenn er hier aufkreuzt?"

Alena hatte Recht, das wäre eine Katastrophe und würde ihre Ehe mit einem Schlag beenden. Komisch, aber der Gedanke machte ihr nicht wirklich Bauchschmerzen.

Jetzt aber musste sie erst einmal herausfinden, welche Rolle Timos in diesem Spiel spielte und was es mit den Ohrringen in seinem Tresor wirklich auf sich hatte. Sophia durfte sich aber nichts anmerken lassen und musste Timos weiterhin die Geliebte vorspielen. Nein, das musste sie eigentlich nicht vorspielen. Timos war der attraktivste Mann, der ihr bisher begegnet war. Sie wollte ihm eigentlich gar nicht widerstehen.

Gutgelaunt ging Sophia zu dem kleinen Café, wo sie Timos treffen wollte. Sie hatte noch etwas Zeit und schlenderte gemütlich an den kleinen Läden vorbei. Plötzlich hatte Sophia das Gefühl, dass ihr jemand folgte. Sie sah sich um, aber da war niemand. Sophia schüttelte den Kopf und schalt sich eine Närrin, jetzt sah sie schon Gespenster. Sie ging weiter und plötzlich stand eine alte, ganz in schwarz gekleidete Frau vor ihr. Trotz der vielen Falten hatte sie ein gepflegtes Gesicht, das einmal sehr schön gewesen sein musste. Die Frau starrte Sophia mit eiskalten Augen lange an. Wie hypnotisiert blieb Sophia stehen, wollte etwas sagen, brachte aber keinen Ton heraus. Die Alte drückte ihr blitzschnell einen Zettel in die Hand und verschwand in einem der Hauseingänge.

Sophia faltete den Zettel auseinander und las. Da stand nur ein einziges Wort: **májissa!**

Da Sophia kein Griechisch konnte, wusste sie nichts damit anzufangen. Alena aber wäre vor Schreck fast von Sophias Schulter gefallen. „Das ist ja unglaublich, was will die Alte damit sagen? Was mag sie von dir wollen?"

Sophia schaute Alena erschrocken an: „Was meinst du? Weißt du etwa, was hier auf dem Zettel steht?" Alena atmete tief ein und sagte: „Da steht **májissa** und das bedeutet: **Hexe.**"

Ungläubig starrte Sophia sie an und rannte jetzt schnell zu dem Café, wo sie mit Timos bereits verabredet war. Timos wartete schon auf sie. Er trank einen Kaffee und unterhielt sich mit dem Kellner. Als er Sophia sah, kam er auf sie zu und nahm sie stürmisch in die Arme. "Na, alles gut gelaufen? Konntest du mit deinem Mann sprechen?" Jetzt bemerkte Timos, dass Sophia am ganzen Körper zitterte. „Du liebe Güte, Sophia, was ist denn passiert? Du zitterst ja und bist ganz blass um die Nase." Sophia konnte nicht antworten. Sie reichte ihm wortlos den Zettel, den ihr die alte Frau gegeben hatte. Timos Galanis las und wurde mit einem Schlag auch ganz bleich im Gesicht.

11

Timos hatte sich wieder gefangen und sah Sophia besorgt an. „Wer hat dir diesen Zettel gegeben?" Sophia schüttelte den Kopf: „Ich weiß es nicht, Timos, plötzlich stand eine alte Frau vor mir, drückte mir diesen Zettel in die Hand und weg war sie wieder. Ich habe die ganze Zeit ihren Blick vor Augen, so kalt und voller Hass."

„Weißt du denn, was das Wort bedeutet?", fragte Timos vorsichtig. Sophia nickte.

„Timos, was will diese Frau von mir, was hat das zu bedeuten? Kannst du mir das erklären?" Timos Galanis nahm Sophia in die Arme, die jetzt ihren Tränen freien Lauf ließ. Timos überlegte: „Ich weiß es nicht genau, aber ich habe eine Ahnung, wer das gewesen sein könnte. Ich werde es heraus bekommen. Jetzt bringe ich dich erst einmal zurück auf das Schiff, du solltest dich ausruhen." Sophia ging mit weichen Knien zum Auto, Timos half ihr beim Einsteigen und sie fuhren in Richtung Hafen. Beide hatten nicht bemerkt, dass die alte Frau sie die ganze Zeit beobachtet hatte.

Sophia hatte sich, ohne etwas essen zu können gleich hingelegt und war durch das leichte gleichmäßige Schaukeln des Schiffes auch wenig später eingeschlafen. Traumlos und erschöpft hatte sie mehrere Stunden geschlafen.

„Sophia, wach endlich auf. Das musst du dir ansehen", rief Alena und schüttelte Sophia so lange, bis sie wach war. „Das ist ungeheuerlich, wirklich ungeheuerlich". Alena schüttelte pausenlos ihr kleines Köpfchen. „Was ist denn passiert", fragte Sophia, noch ganz benommen, „geht das Schiff unter, oder was?" Alena hielt Sophia die Kleider hin und gab ihr zu verstehen, dass sie sich schnell anziehen sollte. Als Sophia fertig war, gingen sie an Deck und Sophia traute ihren Augen kaum. Da stand Timos auf der Hafenpromenade und stritt lautstark mit der alten Frau, die Sophia so sehr erschreckt hatte.

„Was um Himmels Willen hat das denn zu bedeuten?", flüsterte Sophia. Alena zuckte nur mit den Schultern, eine Antwort darauf hatte auch sie nicht. Die alte Frau drohte Timos mit der Faust und Sophia konnte ihren Zorn regelrecht spüren. Plötzlich drehte sich die Alte um und ging schnellen Schrittes davon. Timos stand mit hängenden Schultern da und starrte ihr noch lange nach. Er sah so unendlich traurig aus, dass Sophia am liebsten zu ihm gelaufen wäre. Doch Alena hielt sie zurück: „Bleib ja hier, dummes Mädchen. Wir wissen nicht, was das zu bedeuten hat. Es ist erst einmal besser, Timos weiß nicht, was du gerade gesehen hast. Wenn er wirklich nichts zu verbergen hat, wird er es dir schon erzählen." Alena hatte Recht, sie durfte jetzt keinen Fehler machen, den sie später bereuen würde. Sophia nahm Alena auf den Arm und rannte zurück zu ihrer Kabine.

Martin war jetzt ihre einzige Rettung und Sophia wählte die Nummer ihres Mannes. Aber sie konnte ihn nicht erreichen. Mutlos ließ sie ihr neues Handy auf das Bett fallen. Was sollte sie jetzt nur tun? Es war ja offensichtlich, dass Timos die alte Frau kannte, vermutlich sehr gut kannte. Wer war sie? Und vor allem, was wollte sie von ihr? Timos hatte ihr bisher noch nichts von der Begegnung und dem Streit mit der alten Frau erzählt. Das machte Sophia noch misstrauischer und sie traf eine Entscheidung.

Beim Abendessen sah Sophia Timos lange an und sagte: „Timos, ich werde morgen zurück nach Deutschland fliegen. Ich habe mir das gut überlegt, ich kann hier nicht bleiben. Ich habe Mann und Kinder und ich glaube, es wäre ein Fehler, alles aufzugeben."

„Aber Sophia, ich liebe dich doch und habe geglaubt, dir gehe es genauso. Du kannst mich jetzt nicht einfach alleine lassen, bitte bleib bei mir."

„Nein, Timos, es wird Zeit, dass ich zur Ruhe komme. Ich erlebe jeden Tag ein neues Abenteuer und bin langsam am Ende meiner Kräfte." Sophia legte ihre Hand auf seinen Arm, als wolle sie sagen: bitte versteh' mich doch.

Timos sah Sophia lange an und schließlich sagte er: „Gut, Sophia, ich respektiere deine Entscheidung, ich kann dich nicht aufhalten. Ich werde dir für morgen einen Flug buchen."

Sophia war erleichtert. Bald würde der ganze Albtraum ein Ende haben, zuhause konnte alles wieder normal werden.
Konnte es das wirklich?

Timos, der sie kurz alleine gelassen hatte, kam wieder zu ihr und stellte ihr ein Kästchen hin. „Bitte, Sophia, mach' es auf, ich möchte dir zum Abschied etwas schenken." Langsam, mit einer leisen Vorahnung öffnete Sophia das Kästchen und vor ihr lagen die Ohrringe, die so viele Ungereimtheiten ausgelöst hatten.

„Was soll ich damit, Timos? Und warum hast du diesen wertlosen Schmuck in deinem Safe deponiert? Ja, ich habe es unbeabsichtigt gesehen", gab Sophia jetzt zu. Timos hob entschuldigend seine Schultern und lächelte.

„Weil die Ohrringe ganz und gar nicht wertlos sind, sondern echt und ein Vermögen wert."

Sophia glaubte nicht richtig zu hören und blickte Timos verständnislos an. Der lächelte immer noch und gestand: „Die Ohrringe, die du gestohlen hast, waren auch nicht echt, eine Nachbildung dieser wunderschönen echten Kreation. Ich habe bei Tiffany's die echten Ohrringe besorgt, um sie dir bei passender Gelegenheit zu schenken."

Sophia wurde ganz schwindelig. Sie hatte Timos anscheinend sehr Unrecht getan, er liebte sie wirklich. Timos redete weiter: „Und da es keine passendere Gelegenheit mehr geben wird, weil du nicht bei mir bleiben willst, schenke ich sie dir jetzt. Kannst du dieses Andenken an mich bitte annehmen?"

Sophias Kloß im Hals wurde immer dicker und unter Tränen konnte sie nur nicken. In diesem Moment war sie sich nicht mehr so sicher, ob sie wirklich zurück nach Hause wollte. Timos nahm sie auf die Arme und trug sie zum Bett. In diesem Moment war Sophia nur noch glücklich.

Sehr gut hatte Sophia geschlafen. Jetzt verspürte sie einen großen Hunger und in diesem Moment kam Timos mit einem Tablett herein. Kaffeeduft strömte ihr in die Nase. Weißbrot, Marmelade und ein großer Obstteller hatte ihr Timos gebracht und setzte sich zu ihr.

Sophia hatte gerade ihren ersten Bissen mit Appetit verspeist, da sagte Timos: „Ich habe noch einen Flug für dich heute Nachmittag bekommen können. Ich hoffe, das ist früh genug." Sophia schmeckte es plötzlich nicht mehr. Aber sie hatte es doch so gewollt und Timos respektierte ihren Wunsch. Warum war sie jetzt doch nicht glücklich darüber? Es war sicher besser so, also nickte Sophia nur und Timos ließ sie alleine, damit sie sich in aller Ruhe fertig machen konnte.

Ihr Koffer war gepackt und Sophia schaute noch einmal auf's Meer hinaus. Gleich würde sie das Schiff verlassen und wahrscheinlich nie mehr wieder hierher kommen. Diese Gedanken machten Sophia traurig und sie konnte sie doch nicht verhindern.

An Deck stand Timos und erwartete sie bereits, um sie zum Flughafen zu fahren. Sophia und Timos wollten gerade von Bord gehen, da sahen sie plötzlich einige Meter weit weg auf der Hafenpromenade die alte Frau stehen. Sie sah mit finsterem Gesicht zu ihnen hinüber und hob langsam ihren Arm. Starr vor Schreck sah Sophia, dass die Alte eine Waffe gegen sie erhob. Sophia und Timos waren nicht fähig, sich auch nur einen Zentimeter zu bewegen. Sie sahen nur die Waffe, die auf sie gerichtet war.

Plötzlich ging alles ganz schnell. Aus den Augenwinkeln sah Sophia, wie ein Taxi heran fuhr, die Tür ging auf und Martin stieg aus. Er sah Sophia, winkte und ging mit schnellen Schritten auf das Schiff zu. In diesem Moment hörte Sophia einen lauten Knall. Martin, der gerade auf sie zukam, starrte sie plötzlich mit weit aufgerissenen Augen ungläubig an. Dann sackte Martin in sich zusammen und fiel auf das Pflaster. Sophia riss den Mund auf, sie wollte schreien und konnte es doch nicht. Sie spürte, wie ihr die Beine versagten und es dunkel um sie wurde.

12

Als Sophia wieder zu sich kam, lag sie auf einer Trage und zwei junge Männer kümmerten sich um sie. Sophia schaute die beiden fragend an. Was war denn geschehen? Sophia sah sich suchend um. Da stand Timos neben einem anderen Auto und unterhielt sich mit einem Mann, der gerade die hintere Tür öffnete. Zwei Männer schoben einen Blechsarg hinein. Nein. Plötzlich war alles wieder da: Martin, die alte Frau, der Schuß. Sophia schrie so laut sie konnte. Timos kam sofort zu ihr herüber und nahm ihre Hand. „Was ist mit Martin?" fragte Sophia mit heiserer Stimme. „Ist er tot?"

Timos kämpfte selbst mit den Tränen, als er Sophia weinen sah. „Ja, Martin ist tot."

Langsam erhob sich Sophia und Timos half ihr auf die Füße. Er hielt sie fest, denn Sophia hatte noch keine Kraft in den Beinen. Die Tränen flossen ihr jetzt in Sturzbächen die Wangen herunter. „Wie konnte das passieren? Martin hat doch gar nichts getan. Die alte Frau wollte doch dich oder mich erschießen? Wo ist sie jetzt?"

„Sie ist weg, spurlos verschwunden. Aber die Polizei wird sie finden."

Sophia überstand die nächsten Tage, als wäre sie ferngesteuert.

Man hatte Martin's Leiche nach Athen in die Gerichtsmedizin geflogen, um den Fall zu untersuchen. Dort hatte man ihr in einem kleinen Nebenraum ausgiebig Zeit gegeben, sich von Martin zu verabschieden. Mehre Stunden hatte sie dort gesessen und hatte doch ihre Gedanken nicht ordnen können. Sophia hatte ihre Kinder angerufen, war aber am Telefon nicht in der Lage gewesen zu erklären, was alles geschehen war.

Bis alle Formalitäten für die Überführung nach Deutschland erledigt waren, hatte sich Sophia in einem Hotel eingemietet. Timos rief jeden Tag an und fragte, ob er etwas für sie tun könne. Nein, Sophia konnte und wollte ihn nicht sehen. Sie brauchte Abstand. Natürlich konnte sie Timos nicht dafür verantwortlich machen, was geschehen war. Aber tief in ihrem Inneren tat sie es trotzdem.

„Sophia, du darfst Timos nicht behandeln, als hätte er dir etwas angetan. Er leidet mit dir und fühlt sich genauso schuldig wie du." Alena strich Sophia mit ihrer kleinen Hand über die Wange. Sophia war froh, die Kleine zu sehen. Tagelang hatte sie gar nicht mehr an sie gedacht.

„Ja, du hast recht, aber ich kann nicht anders. Ich gebe ihm die gleiche Schuld wie mir selbst." Sophia fing wieder an zu weinen.

„Hast du einmal daran gedacht, dass alles hätte anders kommen können?" fragte Alena. „Wenn Martin nicht gekommen wäre, dann wärest du oder Timos jetzt tot – oder Ihr beide. Wir wissen ja immer noch nicht, warum die alte Frau geschossen hat. Wir wissen ja nicht einmal, wer sie überhaupt war." Alena hatte recht. Es gab noch so viele Rätsel, die sie im Moment nicht lösen konnte. Dazu fehlte ihr im Moment auch einfach die Kraft.

Zwei Tage später saß Sophia im Flugzeug nach Frankfurt, ohne Timos noch einmal gesehen oder gesprochen zu haben. Zuhause warteten ihre Kinder. Wie sollte sie den beiden das alles nur erklären? Sie hatte nicht die geringste Ahnung. Sie wusste ja nicht einmal, was Martin ihnen erzählt hatte.

Am Flughafen wartete Sophia vergeblich auf ihre Kinder, es war niemand gekommen, um sie abzuholen. Also nahm sie sich ein Taxi und fuhr nach Hause.

„Wundert dich das wirklich?" fragte Alena, als sie im Taxi saßen. „Deine Familie weiß doch gar nichts oder zumindest nur das, was Martin ihnen erzählt hat. Du wirst nicht darum herum kommen, ihnen die schonungslose Wahrheit zu sagen. Vielleicht verstehen sie dich ja – wenigstens ein bisschen."

Sophia schloß die Haustür auf und betrat die Diele ihres Hauses. Sie fühlte sich plötzlich als Fremde, als Eindringling. Was würde sie hier erwarten. Sie fürchtete sich ein wenig vor der Begegnung mit ihrer Familie.

In der Küche machte sich Sophia erst einmal einen Kaffee und setzte sich an den Küchentisch. Es war ganz merkwürdig. Noch vor ein paar Wochen hatte sie es geliebt, hier zu sitzen und Kaffee zu trinken. Aber diese alte Vertrautheit wollte sich einfach nicht einstellen.

Plötzlich, Sophia hatte sie gar nicht gehört, standen ihre Kinder im Raum und schauten sie fragend an. Sophia stand auf, ging auf ihre Kinder zu und wollte beide stumm umarmen. Doch sie ließen es nicht zu. Mit verschränkten Armen standen sie da und schauten ihre Mutter feindselig an. Sophia wollte ihren Kindern so gerne erklären, was passiert war. Aber sie wusste gar nicht, womit sie anfangen sollte. „Wißt Ihr.....

Helena, ihre Tochter, unterbrach sie sofort. „Lass gut sein, Mama. Wir sollten uns erst einmal um die Beerdigung von Papa kümmern und uns in Würde von ihm verabschieden. Deine Probleme und deine Geschichte können wir uns immer noch anhören. Das hat Zeit – denn du lebst ja noch."

Die Worte ihrer Tochter trafen sie wie heiße Pfeile mitten ins Herz. Was hatte sie denn erwartet? Sie war schließlich weg gelaufen. Martin hatte ihr helfen und sie nach Hause holen wollen. Jetzt war er tot. Und sie war schuld daran. Jedenfalls in den Augen ihrer Kinder.

Ihr Sohn Daniel legte ihr einen Strauß Blumen auf den Tisch. „Der wurde für Dich abgegeben. Ein Brief ist auch dabei, von wem auch immer." Daniel schaute sie aus traurigen Augen verächtlich an und verließ die Küche.

Sophia nahm mechanisch den Brief in die Hand und öffnete ihn. „Mein altes Mädchen..." Die Buchstaben verschwammen mit ihren Tränen. Sie konnte nicht weiterlesen. Diesen Brief hatte Martin ihr geschrieben – kurz vor seinem Tod.

13

Wohl eine kleine Ewigkeit hatte Sophia in der Küche gesessen. Sie hielt noch immer Martin's Karte in der Hand. „Bestimmt hat Martin dich damit überraschen wollen. Schließlich wollte er dich ja nach Hause holen und hat das mit Sicherheit vorher arrangiert."

Benommen löste sich Sophia aus ihrer Starre. Alena hatte Recht. Was für eine Tragik. Zum ersten Mal in seinem Leben hatte Martin sich wirklich um sie bemüht – und jetzt war er tot, durch ihre Schuld. Wie sollte sie damit nur leben? Alena strich Sophia sanft über die Wange. Sophia wollte weinen, aber sie hatte nicht einmal mehr Tränen, die ihr die Trauer um Martin erleichtern konnten.

Die nächsten Tage verbrachte Sophia wie in einem Kokon. Die Welt da draußen machte ihr Angst. Ihre Kinder hatten alles Notwendige erledigt und die Beisetzung organisiert, aber sie sprachen nicht mit ihr. Ein gewaltiger seelischer Druck lastete auf Sophia. Sie war froh, als alles vorbei war, der Friedhof, die Trauergäste, die ihr kondolierten, die Reden. Es herrschte eine Leere in ihr, die sie so noch nie empfunden hatte.

Den ganzen Abend hatte Sophia alleine im Wohnzimmer gesessen. Alle engen Verwandten und Freunde hatte sie nach Hause geschickt. Sie konnte jetzt mit niemandem reden. Und ihre Kinder wollten nicht mit ihr sprechen. Sie sah immer nur ihren anklagenden Blick auf sich ruhen. Es wurde unerträglich. Immer und immer wieder stellte sich Sophia die gleiche Frage: Warum? Warum Martin? Was sollte sie jetzt tun? Alena sagte leise: „Ich glaube, du weißt sehr gut, was du jetzt tun musst."

Ja, Alena hatte Recht, plötzlich wusste Sophia genau, was zu tun war.

Eine Stunde später saß Sophia im Taxi zum Flughafen. Sie musste schnellstens zurück nach Griechenland, musste wissen, warum ihr Mann so sinnlos sterben musste. Das war sie ihm schuldig – und sich selbst auch. Für einen kurzen Moment hatte sie daran gedacht, Timos anzurufen und ihn über ihre Ankunft zu informieren. Doch sie hatte kein gutes Gefühl dabei und Alena schüttelte stumm ihr kleines Köpfchen. Also ließ Sophia es bleiben. Während des Fluges würde sie genügend Zeit haben darüber nachzudenken, wie sie vorgehen wollte. Sie war sich ganz und gar nicht sicher, ob sie das alleine schaffen würde.

Sophia musste in Athen umsteigen und hatte sich von dort aus einen Mietwagen für ihre Ankunft auf Chios gebucht. Jetzt fuhr sie die Straße entlang in Richtung Zentrum.

Sophia nahm ein paar kräftige Atemzüge und sog den üppigen Duft von wildem Oregano, Thymian und Salbei ein. Chios wurde nicht umsonst die duftende Insel genannt. Die Sonne schien warm vom wolkenlosen Himmel. Im Hintergrund sah sie den tiefblauen Horizont der Ägäis in der Sonne glitzern. Wunderschön war es hier, ein kleines Paradies – wenn da nicht ihre traurige Mission im Wege stehen würde.

Die kleine Pension direkt im Zentrum war gemütlich und sauber. Sophia legte sich auf das breite Bett mit dem schönen

Eisengestell. Eine leichte Brise wehte durch das halb geöffnete Fenster herein. Sophia wollte nur kurz entspannen, war aber so müde von der Reise, dass sie augenblicklich einschlief.

Lautes Lachen und Stimmengewirr weckten Sophia aus ihrem Tiefschlaf. Es war bereits dunkel geworden und unten auf der Straße herrschte geschäftiges Treiben. Sophia bemerkte, dass sie Hunger hatte und beschloss, in einer der vielen Tavernen etwas zu essen. Sie duschte sich schnell und stand schon nach kurzer Zeit auf der Straße. Schräg gegenüber ihrer kleinen Pension befand sich eine gemütliche Taverne, sie fand noch einen freien Platz und bestellte sich eine Kleinigkeit zu essen. Sophia genoss den Wein und schaute den Passanten auf der Straße zu, die gemütlich bummelten oder auf dem Weg zum Essen waren.

Beinahe hätte Sophia ihr Glas fallen lassen. Auf der anderen Straßenseite sah sie Timos vorbei laufen, vertieft in ein Gespräch mit – der Alten, die auf Martin geschossen hatte. Beide wirkten sehr vertraut miteinander. Sophia zitterten die Knie. Was sollte sie jetzt tun? Einer

Eingebung folgend sprang sie auf und ging hinter den beiden her. Sie wollte, nein sie musste wissen, wohin sie gehen würden. Ihre Gedanken überschlugen sich. Was hatte Timos denn mir dieser Alten zu tun? Bei dem plötzlichen Gedanken, dass Timos doch etwas mit Martin's Tod zu tun haben könnte, wurde ihr speiübel. Timos und die alte Frau bogen in eine kleine Seitenstraße ein und verschwanden in einem Hauseingang. Ab hier kam Sophia nicht mehr weiter, das Tor war verschlossen und sie hörte auch keine Stimmen, alles war still. Schnell lief Sophia zurück zu ihrer Pension. Sie konnte es sich nicht leisten, gesehen zu werden.

Sophia legte sich auf das Bett und versuchte erst einmal, ihre Gedanken zu ordnen. Das Erlebnis hatte sie mächtig aufgewühlt. In diesem Augenblick wusste Sophia nicht einmal, was sie schwerer belastete: die Begenung mit der Mörderin ihres Mannes oder die Enttäuschung über Timos. Bevor Sophia auch nur darüber nachdenken konnte, klopfte es laut an ihre Tür...

14

Sophia's Herz schlug heftig. Wer mochte das sein? Hatte Timos sie möglicherweise doch gesehen? Aber woher wusste er dann, wo sie wohnte?

Ein weiteres Mal klopfte es und riss Sophia aus ihren Gedanken. Langsam erhob sie sich und ging zur Tür. „Ja bitte, wer ist da?" Sophia's Stimme klang dünn und ängstlich. Eine ihr fremde männliche Stimme forderte sie auf die Tür zu öffnen. Die Angst ließ Sophia frösteln, aber sie öffnete trotzdem. Ein großer schlanker Mann mit kurzem schwarzem Haar lächelte sie an. „Ich bringe ihnen Ihre Handtasche, Frau Berger. Die haben sie im Restaurant liegen gelassen. Sie waren so schnell verschwunden, dass ich dachte, es gehe ihnen nicht gut. Ihren Namen konnte ich in Ihrem Ausweis nachlesen und da habe ich..."

„Vielen Dank", unterbrach ihn Sophia und lachte. Sie war so dankbar über sein Auftauchen, das sich als harmlos erwies und umarmte spontan den verdutzen

Mann. Im Gehen drehte er sich noch einmal um. Eigentlich wollte er Sophia noch die Rechnung des letzten Abendessens geben, überlegte es sich jedoch anders, denn er hatte den Eindruck, dass Sophia sehr bedrückt war. Es stimmte etwas nicht mit ihr. Er winkte ihr noch einmal zu und sagte: „Wenn ich irgend etwas für sie tun kann, sagen sie es bitte. Sie finden mich meistens drüben im Lokal."

„Sophia, du solltest jetzt überlegen, wie du vorgehen möchtest. Ich meine, du solltest erst einmal zur Polizei gehen. Schließlich hat die alte Frau deinen Mann erschossen und läuft immer noch frei herum. Verstehst du das?" Alena hatte Recht. Wieso war die alte Frau auf freiem Fuss, wurde denn Martin's Tod hier überhaupt nicht untersucht? Natürlich hatte die Alte nicht Martin treffen wollen, sondern Timos oder sie selbst.

Alena unterbrach ihre Gedanken. „Nein Sophia, die alte Frau wollte dich töten, nur dich. Oder meinst du, sie würde ansonsten so friedlich mit Timos durch die Stadt spazieren?"

Das leuchtete Sophia ein, sie musste Alena Recht geben. „Aber warum, Alena, warum? Ich kenne die Frau doch gar nicht und habe ihr überhaupt nichts getan." Mit der festen Absicht, am nächsten Tag zur Polizei zu gehen, schlief Sophia endlich ein.

Im Polizeirevier ließ man sie lange warten und jeder, der an ihr vorbei ging, schaute sie so merkwürdig an. Sophia schalt sich eine Närrin, wahrscheinlich bildete sie sich das nur ein. Mindestens eine Stunde hatte sie gewartet, bis Kommissar Dimitrios Zeit für sie fand. Sophia erklärte ihm, warum sie da war. Der Kommissar hörte ihr geduldig ohne Unterbrechung zu.

Als sie fertig war, sagte er ihr, dass es ihm leid tue, was mit ihrem Mann passiert sei, aber es habe sich eindeutig um einen bedauerlichen Unfall gehandelt. Der Fall sei abgeschlossen. Ihren Einwand, dass der Schuss womöglich ihr gegolten hatte, bezeichnete der Kommissar als reine Spekulation. Und die alte Frau hätte auch nicht geschossen, sondern ein Unbekannter. Die alte Frau habe ihn weglaufen sehen, sei also nur eine zufällige Zeugin gewesen.

Sophia blieb die Luft weg vor Empörung. Doch der Kommissar ließ keinen weiteren Einwand zu, entschuldigte sich und verließ den Raum. Sein Assistent begleitete Sophia nach draußen.

Sophia stand voller Zorn auf der Straße und verstand die Welt nicht mehr. Timos musste ihr jetzt helfen, er hatte doch schließlich auch gesehen, wie die Alte auf sie geschossen hatte. Ihm würde man vielleicht mehr Glauben schenken.

„Wenn du meinst", mischte sich jetzt Alena ein, „ich glaube aber, dass der liebe Timos da irgendwie seine Hand im Spiel hat, dass die Polizei nichts mehr tut."

„Aber ich muss doch irgend etwas tun". Sophia nahm sich ein Taxi und fuhr zum Hafen. Sie musste wissen, welche Rolle Timos spielte und warum. Die Jacht „Amalia" dümpelte friedlich im Wasser, aber es schien keiner an Bord zu sein. Der Zugang war verschlossen. Sophia überlegte, ob sie warten sollte. Nein, das hatte wenig Sinn und sie war froh, dass sie das Taxi hatte warten lassen. Sophia fuhr zurück ins Hotel, zog sich ein paar bequemere Schuhe an und machte sich

auf den Weg zu dem Haus, in dem Timos
mit der Alten gestern verschwunden war.
Die Eingangstür und die Fensterläden
waren verschlossen. Das Haus machte
einen unbewohnten Eindruck.

Sophia ging in die Seitengasse neben dem
Haus in der Hoffnung, dass es noch einen
anderen Zugang gab. Und tatsächlich, da
war eine kleine Tür und die stand einen
Spalt breit offen. Sophia drückte
vorsichtig dagegen, die Tür öffnete sich
leicht und ohne jedes Geräusch.

Vor ihr war ein schmaler dunkler Gang.
Sophia ging ein paar Schritte hinein und
sah sich vorsichtig um. Am Ende des
Ganges befand sich eine weitere Tür,
rechts daneben führte eine Treppe nach
oben. Alles war ganz still, fast unheimlich.

Weiter kam Sophia nicht. Die Tür öffnete
sich plötzlich und vor ihr stand die Alte.
Sie sah Sophia mit hasserfüllten Augen an
und sagte nur: „**májissa!**

Sophia drehte sich um und wollte
weglaufen. Doch die Alte hatte
unglaubliche Kraft. Sie hielt Sophia am
Arm fest und zog sie blitzschnell in das

andere Zimmer, verschloß die Tür und steckte den Schlüssel ein. Durch eine weitere Tür verließ die Alte das Zimmer. Sophia hörte, wie auch diese verschlossen wurde.

Sophia saß fest, beide Türen waren verschlossen und ansonsten hatte der Raum nur ein kleines vergittertes Fenster. Jetzt ärgerte sie sich über ihre Waghalsigkeit. Andererseits würde sie sicher bald erfahren, was hier gespielt wurde.

Nach endlosen zwei Stunden öffnete sich die Tür und die Alte kam herein. Sie brachte ihr eine Platte mit Brot und Käse und etwas Wein.

Sophia nahm allen Mut zusammen. „Warum bin ich hier? Wer sind sie und warum wollten sie mich erschießen?" Die Alte schüttelte nur den Kopf und wollte wieder gehen. Sophia aber versuchte es noch einmal. „Bitte, bitte sagen sie mir, was das alles zu bedeuten hat. Sprechen sie mit mir..." Jetzt versagte Sophia die Stimme und sie fing an zu weinen.

Die Alte drehte sich langsam um, setzte sich neben sie und begann auf einmal zu reden. Sie sprach ein recht gutes Deutsch und Sophia bemerkte, dass sie es mit einer gebildeten Frau zu tun hatte. Sophia hörte aufmerksam zu, was die alte Frau zu sagen hatte. Es war unfassbar, was sie da hörte...

15

Die Alte schaute Sophia tief in die Augen. „Ich bin Adriana Peleus. Und ich bin die Mutter von Elena, Timos' Frau. Timos liebt Elena, auch wenn sie sich von ihm getrennt hat. Elena wird zurück kommen, das weiß ich. Deshalb werde ich es nicht zulassen, dass sich eine andere Frau dazwischen drängt. Dazu ist mir jedes Mittel recht. Haben sie das verstanden?"

Sophia wurde es ganz mulmig. „Dann galt der Schuss doch mir und das Auftauchen meines Mannes war ein unglücklicher Zufall." „Ja, das war bedauerlich", entgegnete die Alte.

Sophia atmete tief ein und ließ ihrem Unmut freien Lauf. „Bedauerlich? Sie erschiessen einen Menschen und nennen das bedauerlich? Nicht einmal zehn Elenas können das rechtfertigen. Ich verstehe auch nicht, warum sie dafür offensichtlich ungeschoren davon kommen?" Sophia war jetzt richtig wütend. Adriana Peleus schenkte Sophia einen arroganten Blick. „Timos ist ein mächtiger, einflussreicher Mann."

Sophia konnte nicht glauben, was sie da gerade hörte. Wenn Timos seine kriminelle Schwiegermutter schützte, musste er Elena wirklich noch sehr lieben. Warum aber hatte er sie, Sophia, dann nicht in Ruhe gelassen? Ihr jedenfalls wäre einiges erspart geblieben. „Und jetzt wollen sie mich auch noch umbringen?" Sophia schaute Adriana ängstlich an, doch die Alte entgegnete nur: „Wir werden sehen", erhob sich blitzschnell und verließ das Zimmer. Sophia hörte noch, wie der Schlüssel umgedreht wurde und sich die Schritte der Alten entfernten.

„Unglaublich, einfach unglaublich", regte sich Alena auf. „Die Alte will dich dafür bestrafen, dass Timos Galanis die Frau weggelaufen ist. Wo steckt diese Elena überhaupt?"

„Das ist es Alena, ich muss diese Elena finden, sie muss mir helfen. Ich denke nämlich, ihre Mutter hat sich da in etwas hinein gesteigert, was vermutlich ganz anders ist." Alena schaute Sophia traurig an: „Wahrscheinlich hast du recht. Aber wo willst du nach Elena suchen? Und vor allem, und das wird weitaus schwieriger sein: wie willst du hier heraus kommen?"

Ein großer Schreck durchfuhr Sophia. Alena hatte recht, sie war hier gefangen und der Alten hilflos ausgeliefert. Adriana Peleus war verrückt und das machte sie gefährlich. Sophia versuchte, klar zu denken. Das war nicht leicht in einer solch bedrohlichen Situation.

„Dass die Alte erst noch überlegen muss, ob sie dich ins Jenseits befördert, ist schon komisch. Sie kam mir nicht so vor, als würde sich bei ihr plötzlich das Gewissen melden. Jedenfalls ist das eine echte Chance für dich."

Alena hatte einen Plan und erzählte Sophia, wie sie sich das vorstellte.

„Ja", sagte Sophia, „das könnte klappen. Ich muss das auf jeden Fall versuchen, eine weitere Chance habe ich vielleicht nicht." Bei diesem Gedanken bekam Sophia einen trockenen Mund und sie leerte das Weinglas, das die Alte ihr hingestellt hatte in einem Zug.

„Mensch, Sophia", rief Alena, „du musst ein bisschen umsichtiger vorgehen und öfter nachdenken. Was ist, wenn der Wein vergiftet ist?" Mit bleichem Gesicht stellte Sophia das Glas angewidert zur Seite.

Sophia hatte in dieser Nacht verständlicherweise kein Auge zugetan. Doch das machte ihr nichts, die Hauptsache, sie lebte noch. Der Wein war anscheinend in Ordnung gewesen.

Sophia tat jetzt etwas, das sie lange nicht mehr getan hatte. Sie betete.

Im Haus hörte Sophia plötzlich laute Stimmen. Sie sprang auf und drückte ihr Ohr ganz fest an die Tür. Eine Frau und ein Mann stritten sich heftig. Offenbar hatte die Alte unliebsamen Besuch. Der Streit dauerte nur ein paar Minuten und dann war es wieder gespenstisch still.

Vielleicht hätte Sophia schreien und auf sich aufmerksam machen sollen. Da sie aber nicht wusste, wer der Mann gewesen war und was er gewollt hatte, hätte es auch ihr Todesurteil bedeuten können.

Kurze Zeit später wurde der Schlüssel umgedreht, die Alte öffnete die Tür und kam mit einem kleinen Tablett mit Kaffee und Gebäck herein.

Sophia lächelte Adriana dankbar an, nahm die Tasse vom Tablett... und bevor die Alte das Tablett abstellen konnte, schüttete ihr Sophia den heißen Kaffee ins Gesicht. Die Alte schrie auf und fasste sich mit beiden Händen ins Gesicht. Das Tablett fiel krachend auf den Steinboden. Diesen Augenblick nutze Sophia, sprang zur Tür hinaus, drehte den Schlüssel herum und lief, so schnell sie nur konnte auf die Straße.

16

Das helle Sonnenlicht blendete sehr und
Sophia musste ihre Augen mit der Hand
schützen. Es dauerte eine Weile, bis sie
sich an die Helligkeit gewöhnt hatte. Im
Haus hinter ihr hörte sie die Hilferufe und
das Klopfen der Alten. Sie musste hier
weg und zwar ganz schnell.

Sophia hatte plötzlich das Gefühl, als
stehe jemand hinter ihr. Sie spürte eine
Hand auf ihrer Schulter und drehte sich
blitzschnell um. Vor ihr stand Timos,
schaute sie aus großen Augen fragend an
und nahm sie stürmisch in die Arme.
„Sophia, was machst du hier?".

Sophia löste sich unwirsch aus Timos'
Armen und sah ihn lange an. Die
Enttäuschung über seine Unehrlichkeit
machte sie noch immer traurig. „Warum
schützt du die Mörderin meines Mannes?
Ich bin froh, dass ich der Alten
entkommen konnte, sonst träfe mich
womöglich das gleiche Schicksal. Du

brauchst mir nichts zu erklären, ich weiß inzwischen, dass sie deine Schwiegermutter ist. Und ich weiß auch, warum sie mich eingesperrt hat."

Timos war ehrlich erschüttert. „Adriana hat dich eingesperrt? Was wollte sie von dir?"

„Na, sie wollte mich aus dem Weg haben, damit ich mich nicht zwischen Elena und dich drängen kann. Der tödliche Schuß auf Martin galt eigentlich mir."

„Aber nein", rief Timos ehrlich betroffen, „sie wollte doch mich erschießen, weil ich in ihren Augen nicht mehr bereit war, um Elena zu kämpfen."

Sophia schaute Timos fragend an und der erzählte ihr die ganze Geschichte.

„Elena hatte mich verlassen, weil ich nie zuhause war. Ich hatte beruflich soviel zu tun und Elena war meistens alleine. Irgendwann hat sie das nicht mehr ausgehalten. Sie ging nach Athen, um dort wieder als Goldschmiedin zu arbeiten. Inzwischen hat sie sich dort einen Namen gemacht und ihr Geschäft läuft hervorragend. Dort hat sie auch ihren neuen Mann kennen gelernt und wollte gerne wieder heiraten. Vor ein paar Monaten hat sie mich um die Scheidung gebeten. Adriana aber glaubt, dass ihre Tochter unglücklich ist und gibt mir die Schuld, dass Elena nicht wieder auf die Insel zurück kehrt. Glaub' mir Sophia, Elena und ich haben uns einvernehmlich getrennt und sind heute gute Freunde. Alle wissen das, nur Adriana will oder kann es nicht glauben. Für sie ist mit Elena's Weggang eine heile Welt zusammen gebrochen. Es wurde noch schlimmer, als sie erfuhr, dass ich nicht mehr alleine war, dass es jetzt dich in meinem Leben gab – eine neue Liebe."

Sophia hatte aufmerksam zugehört und wollte Timos so gerne glauben, was er da sagte. Trotzdem blieb ein Zweifel, der sie mächtig bedrückte. „Aber warum schützt du sie? Die Beweggründe mögen vielleicht vieles erklären, trotzdem ist sie eine Mörderin. Sie hat einen unschuldigen Menschen erschossen. Das wäre auch nicht anders, wenn sie einen von uns beiden getroffen hätte."

Timos blickte sie traurig an. „Ich weiß, Sophia, und du hast natürlich recht. Trotzdem habe ich sie geschützt. Adriana wird nicht mehr lange leben, vielleicht noch ein paar Wochen oder wenige Monate. Wem würde da ein Verfahren, eine Verurteilung noch nützen? Elena weiß das und kommt in ein paar Tagen. Sie wird sich in der nächsten Zeit um ihre Mutter kümmern. Mehr kann man nicht tun."

Damit hatte Sophia nicht gerechnet und hatte jetzt sogar selbst Mitleid mit der alten Frau. Sie erzählte Timos, warum sie auf die Insel zurück gekommen war und was sie bis jetzt erlebt hatte. Doch mit der traurigen Geschichte der Alten war plötzlich alles ganz anders. Nein, sie würde nicht mehr daran rühren, es würde Martin auch nicht mehr lebendig machen.

Sophia ging zurück zu ihrem Hotel. Timos wollte sie dort abholen, nachdem er mit Adriana in Ruhe gesprochen hatte. Dieses Gespräch war ihm wichtig, deshalb war er vorhin hierher gekommen.

Nach gut einer Stunde kam Timos ins Hotel und sie ging mit ihm zurück auf sein Schiff.

Der Abend war herrlich warm und sie saßen eng umschlungen unter einem wunderbaren Sternenhimmel. Sophia war glücklich – einfach nur glücklich. Alena saß auf ihrem Knie und zwinkerte ihr zu.

Timos nahm sie jetzt noch fester in die Arme und flüsterte ihr ins Ohr: „Sophia, mein Liebes, wenn ich mich richtig erinnere , wolltest du doch so gerne einmal auf diese Insel in der Südsee, nach ...Bora Bora. Ich habe eine große Überraschung für dich...“

Aber Sophia legte sanft ihre Finger auf seinen Mund. „Nein, Timos, ich möchte jetzt nicht nach Bora Bora. Ich bin hier und jetzt sehr glücklich. Nichts anderes. Eines Tages vielleicht fahre ich mit dir nach Bora Bora oder sonst wohin. Den richtgen Zeitpunkt werden wir erkennen...“

Sophia schlief mit einem Lächeln auf den Lippen in Timos' Armen selig ein.

Ganz wunderbar hatte Sophia geschlafen und so herrlich geträumt. Sie reckte sich wohlig und sah, dass helle Sonnenstrahlen auf ihrer Bettdecke tanzten. Sophia schaute lächelnd zur anderen Bettseite und … erschrak fürchterlich.

Mit einem Schlag war sie hellwach.

17

Sophia war wie vom Donner gerührt.
Neben ihr im Bett lag Martin – ihr Mann.

Wie kam denn Martin in ihr ...und wo war
Timos? Sie befand sich auch nicht mehr
auf dem Schiff, sondern...zuhause.

Langsam – ganz langsam begann Sophia
zu begreifen: New York, Tiffany's, Timos,
die Insel Chios...und Martin's Tod – **das
hatte sie alles nur geträumt...**

Ach ja, jetzt fiel ihr alles wieder ein: Heute
war ja ihr Geburtstag. Gestern Abend war
sie nach einem anstrengenden Tag
todmüde ins Bett gefallen. Sophia wusste
in diesem Moment gar nicht, ob sie lachen
oder weinen sollte.

Unglaublich – es tat ihr auf einmal ein
bisschen Leid, dass ihr Traum nicht die
echte Wirklichkeit war. Trotzig zog sie die
Decke über den Kopf und wollte einfach
nur weiterträumen.

Aber das klappte einfach nicht und Sophia sah noch einmal vorsichtig zur anderen Bettseite. Es war immer noch Martin, der neben ihr lag.

Jetzt fiel ihr auch der Brief von Martin ein, den sie gestern gefunden hatte und der wohl ihr Geburtstagsgeschenk werden sollte:

Ein Frühstück, ein Mittagessen, ein Abendessen mit Martin an einem Ort ihrer Wahl

„Hört sich immer noch grässlich an, wie?" Alena saß auf der Bettdecke und schaute Sophia mitleidig an. „Träume ich schon wieder, oder…nein, dich gibt es ja wirklich", freute sich Sophia. Wenigstens war die Kleine noch da, wie schön.

Als hätte Alena ihre Gedanken erraten: „So schnell wirst du mich auch nicht los. Ich habe nämlich den Eindruck, du brauchst mich noch eine Weile. Kannst du dich erinnern, was ich dir gestern bei unserer ersten Begegnung gesagt hatte?"

„Ja, ich erinnere mich. Du sagtest, du würdest mir helfen, zu wissen , was ich möchte."

„Genau", bestätigte Alena, „und du hast immer und zu jeder Zeit alle Wünsche frei! Dein jetziges Leben war dein eigener Wunsch. Aber du hast jederzeit die Möglichkeit, das zu ändern, was nicht mehr zu dir passt."

Mit einem einzigen Satz sprang Sophia aus dem Bett und lief ins Badezimmer. Unter dem heißen Strahl der Dusche wurde ihr bewusst, dass sie ihr altes Leben so nicht mehr führen wollte.

Sophia seifte sich gründlich ein. Es war, als wollte sie alte Krusten abwaschen, um wieder frei atmen zu können. Plötzlich fühlte sie sich befreit von allen bisherigen Denk- und Lebensmustern und rief, so laut sie konnte: „Danke Alena, danke für den Traum."

„Sophia, mit wem redest du da?" Martin war ins Badezimmer gekommen und sah sie fragend an.

„Ach, ich rede mit meinem kleinen Ich", lachte Sophia und zwinkerte Martin zu, „ich freue mich übrigens, dass du noch lebst." Martin verstand kein Wort. Seine Frau kam ihm heute Morgen sehr seltsam vor. War das der Schock? Man wurde ja schließlich nicht alle Tage fünfzig.

Am Frühstückstisch gab Martin Sophia den Brief, den sie ja eigentlich schon kannte. Sophia tat trotzdem freudig überrascht und lächelte ihren Mann an: „Danke, Martin, das ist lieb von dir. Was hälst du denn davon, wenn ich gleich heute das erste Geschenk einlöse? Komm, lass uns frühstücken – bei *Tiffany's*.

Sophia wusste jetzt, das Leben hatte noch so viel zu bieten – und sie wollte sich ihr Leben gestalten. Sie wollte all das tun, wovon sie bisher nur geträumt hatte. Ob mit oder ohne Martin – es würde sich zeigen...

Ihr Traum aus der letzten Nacht, der ihrem Leben jetzt eine neue Richtung geben würde, der sollte für immer ihr Geheimnis bleiben...

ENDE